春(しゅん)雷(らい)

葉室 麟

祥伝社文庫

目次

春雷

しゅんらい

一

間もなく雨が降り出すのではないかと思えるほど蒸(む)し暑い春の夜だった。

羽根(うね)城下のはずれに森を背に、田圃(たんぼ)に囲まれるようにして一軒の屋敷がひっそりと建っていた。夜の帳(とばり)に包まれた屋敷は静まり返って、ひとの気配を感じさせない。

その屋敷をうかがう男たちが、暗闇(くらやみ)の中、畦道(あぜみち)にひそんでいた。

影は四つ。

いずれも頭巾(ずきん)で顔を隠しているが、両刀を腰に差している姿から武士とわかる。男たちが見張っている屋敷は築地塀(ついじべい)をめぐらし、門を構え、庭に植えられた大きな欅(けやき)が塀を越えて高々とそびえていた。大身(たいしん)の藩士が建てた別邸で、欅屋敷などと呼ばれている。

大柄な男が月を眺めて、

「多聞隼人(たもんはやと)め、いっこうに出てこぬではないか。もはや一刻(いっとき)は過ぎたぞ」

とつぶやいた。額(ひたい)にべっとりと汗が浮いている。別の男が屋敷の門をうかがいながら、落ち着いた声で言った。

「まあ、辛抱しろ。ようやく隼人があの欅屋敷に来る日がわかったのだ。このおりを逃しては天誅を加えることはできんぞ」

男たちの中から同意する声が洩れた。すると傍らの、ひょろりと背の高い男がいまいましそうに言い添えた。

「そうは言うが、欅屋敷に住むのは女人というではないか。隼人めが屋敷の中で何をしておるか知れたものではない。かように待ち受けているのは馬鹿馬鹿しいぞ」

小柄な男が首筋の汗を手でぬぐいながら、くっくっと笑った。

「だからこそ、天誅の名目が立つのではないか。そうでなければ暮らしに困った軽格の者が、俸禄を半分に減らされた腹いせに、藩の重臣に乱暴狼藉を働いて意趣返しをしただけということになる」

背の高い男がひややかな声を発した。

「なにせ鬼隼人だからな。領民たちも随分と恨んでいるそうだ」

男たちはうなずき、その通りだ、皆、あの男に苦しめられているのだからな、と鬱憤を込めて口にした。

羽根藩に備後浪人の多聞隼人が召し抱えられたのは十五年前のことだ。

先の筆頭家老、飯沢長左衛門の推挙によるものだった。長左衛門はどのような経

緯で隼人を知ったのかは明かさなかったが、ひとに問われるつど、

「あの男は岐山先生の弟子なのだ」

と羽根の出身で、大坂に出て名を上げた儒者、

――粟野岐山

の名を口にした。隼人は備後の小藩に生まれたが、藩に不祥事が起きて御家がつぶれると、もともと大藩の支藩だったために領地は本藩に戻された。

隼人は主家を失って浪々の身となり、大坂に出て岐山の学塾に入った。

その後、大坂で仕官の口を探したが、ままならずに岐山の紹介状を持って羽根藩に来たのだという。

羽根藩は財政窮乏のため、新たに召し抱えるということは絶えてなかった。しかし、長左衛門の鶴の一声で仕官がかなったのだ。なぜ、あのような縁もゆかりもない浪人を、という声は多かったが、やがて隼人は藩主三浦兼清の気に入りとなり、しだいに重用されるようになった。

兼清は三浦家の親戚であった江戸の旗本石川忠高の四男で、俊秀の聞こえが高く、十四歳のときに養子縁組をした。世子の身ではあったが、江戸屋敷で重臣らを集めてたびたび意見を交わした。若年ながら見識の高さ、領民への思いやりの深さに重臣た

ちは感銘を受けて、

「名君になられるご器量である」

との声が家中に広がった。中には、

「兼清様こそ、羽根藩の鷹山公である」

と洩らす藩士もいた。上杉鷹山は九州日向の高鍋藩主秋月種美の次男として生まれたが、米沢藩主上杉重定に嗣子がなかったので養嗣子に迎えられた。

好学の君主だった鷹山は明和四年（一七六七）に家督を継ぐと、大倹約令を施行するとともに藩政の改革に勤しみ、名君として諸国に知られた。

兼清は大柄で頑健な体をしており、顔立ちもととのっていた。物腰には品格と威があって、学問好きとして知られた。

病がちな先の藩主兼定が早くに隠居したため十八歳で家督を継いだ兼清は、威風堂々と騎馬でのお国入りを果たすと同時に質素倹約の緊縮財政を行った。

自ら衣類は木綿をもっぱらとし、食事も一汁一菜にするなど、軽格並みの粗衣粗食に甘んじた。

藩校には江戸から高名な学者を招き、藩士を長崎や大坂に遊学させるなどして人材育成に努め、賢君の名を高くしていった。

しかし当時、羽根藩は大坂の商人からの借銀が十万両という膨大な額に達しており、返済に苦しんでいた。

兼清の質素倹約策だけでは、財政が好転しそうになかった。

兼清は、奥祐筆から書院番、御側役と、しだいに重用するようになっていた隼人を新たに設けた御勝手方総元締に任じて、借銀の返済を命じた。

隼人は借銀返済にあたって強引な策を採った。すなわち、借銀の返済猶予を銀主に求め、さらに百年払いにするなど、実質的な踏み倒しを行ったのだ。

また、百姓への年貢取り立ては苛斂誅求を極め、不満を洩らした百姓は不届きであるとして入牢させた。その数は七十人に及んだ。百姓たちが入牢している間、家族は困窮し、一家離散の憂き目にあう者もいた。

さらに隼人は城下や在方の商人から新たな運上金を取り、人別銭を賦課した。このため、百姓や町人からの反発は強く、隼人に対しては、

——鬼隼人

というあだ名がつけられ、村々では〈鬼〉とだけ呼ばれていた。

「われらはあくまで、御勝手方総元締としての多聞隼人の専横と、さらには夜中に女人の屋敷を訪れるといういかがわしい振る舞いに対して天誅を加え、藩の風紀を正そ

うとしておるのだからな」

　大柄な男が嘲笑を含んで言った。ひょろりと背の高い男が首をひねりながら、

「しかし、欅屋敷は先のご家老、飯沢長左衛門様が隠居所として建てられた屋敷だと聞いたぞ。飯沢様は隠退されて後も城下のお屋敷を出ることはなく、この屋敷は放っておかれたはずだ。それなのに、いつの間に女人が住むようになったのだ」

と、だれにともなく問いかけた。

　小柄な男が鼻を鳴らした。

「ふん、知るものか。住んでおるのは年こそ三十二、三だが、なかなかの佳人だそうな。おおかた飯沢様の妾ではないのか。近頃、飯沢様はお体の具合が悪く臥せっておられると聞く。その間に多聞隼人が妾のもとへ通うようになったのではないか」

「さような詮議は後回しでよい。われらは多聞の不行状を懲らしめるだけだ」

　落ち着いた声の男が、声を低くした。

　――来たぞ
　見ると門の脇にある潜り戸を開けて、仄明るい提灯が出てきた。提灯を手にしているのは羽織袴姿の武士だ。

　五尺七、八寸はある長身で、体つきはがっしりとしており、腰が据わった油断のな

い身構えだった。

武士は門を出て夜空を見上げた。厚く雲が垂れ込めている。東の空で一瞬、白光が走った。かすかに遠雷が鳴る音が聞こえる。雷鳴を聞いて、

「遠いようだ」

と低い声でつぶやいた。

暗闇から武士を見つめる男たちは、思わず刀の柄(つか)に手をかけ、鯉口(こいぐち)を切っていた。計画を練(ね)ったときには、欅屋敷から出てきた多聞隼人を取り押さえてなぐりつけるだけのつもりだった。しかし、隼人の姿を見たとき、それだけではすまさない、という気になったのだ。

「やるぞ」

落ち着いた声の男が腰をかがめて走り出すと、ほかの男たちも続いた。夜道に男たちの足音が響いた。

ぽつりぽつりと雨が降り出した。武士は男たちが駆け寄るのを見ても、驚きを見せなかった。提灯の明かりを吹き消して、地面にそっと置いた。

男たちは荒々しく武士を取り巻いた。

皆、刀の柄に手をかけ、殺気立っている。武士は無言で佇(たたず)んでいた。取り立てて

身構える様子もない。

雨脚が強くなった。男たちの肩先が濡れていく。

「多聞隼人殿とお見受けいたす。夜中にかようなところで何をされておる」

「この欅屋敷は女人の独り住まいであろう。さようなところに藩の重職にある者がひと目を忍んで通うなど、あるまじきことだ」

「わけがあるなら聞こう。ないならば御家のために懲らしめねばならぬ」

男たちは口々に叫んだ。

武士は雨に濡れながら黙って男たちの言葉に耳を傾けていたが、やがて、

「いかにも、それがしは多聞隼人でござる」

と名のった。そして、渋みを帯びた声でぽつりと言い添えた。

「こんな夜更けに寄り集まって往来で騒ぐなど、武士らしからぬ振る舞い。それこそあるまじき所業と存ずる」

稲妻が走った。一瞬、眉が秀でて鼻梁が高く、切れ長の目をした隼人の容貌が浮かんだ。年は四十前後のようだ。

近くに落ちたのか、凄まじい雷鳴が轟いて地面が揺れた。

雨が銀の筋のように白く輝いた。

「われらが御家のためを思って言っておるのが、わからぬのか」

落ち着いた声の男が決めつけた。

「わたしは十五年前に仕官した。おぬしらのように、先祖代々扶持をもろうている者とは違うであろうな」

隼人は素っ気なく答えた。

「不忠者め」

男たちは激昂して刀を抜いた。大柄の男が無言で隼人に斬りつけた。隼人はわずかに体を沈めると同時に刀をかわし、男の腕をつかんでひねり上げた。

男の体が腕をひねられるのと同時に、くるりと宙で回って地面に叩きつけられた。

男がうめいて起き上がれずにいると、小柄な男が、

「おのれ――」

と叫びつつ、刀を振りかざして隼人に迫った。

隼人は男に流れるように身を寄せると、手刀を男の首筋に見舞った。それだけで、小柄な男は声も立てずに倒れた。

ふたたび稲妻が走った。その瞬間、背の高い男が隼人に向かってまっしぐらに突いた。だが、隼人の体は闇に溶けたかのようにそこになかった。

男の突きはかわされ、隼人のこぶしが男の鳩尾を突いていた。男は息を詰まらせ、ゆっくりと頽れた。

「なるほど、多聞隼人が関口流の柔を使うという噂はまことであったのだな」

落ち着いた声の男が刀を正眼に構えて言った。

隼人は男を見据えて、

「無駄なことだ。もう止めよ」

と諭した。落ち着いた声の男はすり足で間合いを詰め、

「それでは、われらの武士の一分が立たぬ」

と怒鳴りながら、上段から斬りつけた。隼人は刀を鞘から抜かず、前に突き出し、鍔で受けた。

「きさま、愚弄するか」

男が叫んだときには、隼人は踏み込んで相手の背後に回り、首を腕で絞め上げた。男がもがくのも構わず、隼人は腕に力を込めた。

やがて男が、鬼隼人め、とうめいて気絶した。ぐったりとなったのを見定めた隼人は、男の首から手を離した。男はゆっくりと前のめりに倒れた。

隼人はしばらく倒れた男たちを見下ろしていたが、やがて地面に置いていた提灯を

手に取った。だが、灯は入れない。

「顔も見ぬ。名も訊かぬ」

隼人はつぶやくように言うと、そのまま踵を返して歩き始めた。また稲妻が走り、夜道を歩いていく隼人の後ろ姿を照らし出した。

驟雨となっていた。

欅屋敷の門が少し開いて女が出てきた。

暗い路上に倒れた男たちにちらりと目を遣った後、雨の中を傘も差さずに歩み去る隼人の背を見送った。

「隼人様、あなたはどうして、このようなことになられましたのか。逃れられぬ宿命だったのでしょうか」

女は悲しげにつぶやいた。

二

隼人は、城の大手門に近い武家地の一角に屋敷を与えられている。

欅屋敷の門前で頭巾の武士たちに襲われた翌朝、隼人はいつもより目覚めが遅かっ

た。いつの間にか雨戸が開けられ、障子に朝の光が差したころ、

——旦那様
と縁側から若い女の声がした。隼人は布団の中でうっすらと目を開けて、

「寝過ごしたようだ」

とつぶやいて起き上がった。

隼人が起きたと察して、縁側にいた女、おりうは障子に手をそえて開けると部屋に入った。

障子の隙間から庭の桜が風に散るのがちらりと見えた。

隼人が縁側から庭先に出て裏手の井戸に回り、洗顔の後、歯を磨いて戻ってくるまでに布団を片付けたおりうは着替えを手伝った。

着流し姿の隼人は、毎朝の習慣で仏間に入り、仏壇に向かって般若心経をあげる。

その後、隣室に入ると、すでに朝餉の膳が用意されていた。

隼人は膳の前に座り、静かに箸をとった。

兼清にならって一汁一菜の質素な食事だった。傍らにおりうが控えて給仕をしているが、いつも通り、さほど言葉を交わさない。

おりうは、城下の白金屋太吉という呉服商人の女房だった。まだ二十歳になったば

かりだ。

隼人の屋敷には家士の古村庄助と家僕の半平しかおらず、女手がなかった。このため、出入りの商人である太吉の女房が毎朝通いで屋敷を訪れては、女中代わりに働いていた。

おりうは寡黙で、隼人と言葉を交わすことはほとんどない。しかしほっそりとした体つきで、透き通るような色白の肌に瓜実顔で、常に目を伏せかげんなところにそこはかとない色香があった。

おりうが屋敷に通い始めたころ、近隣の者たちが隼人との間柄を怪しんだ。だが、おりうは泊まることはなく、日中は家士や家僕の目もあるだけに、やがて噂は立ち消えとなった。

隼人は屋敷に通い出したおりうに、

「給金を出そう。いかほどが望みだ」

と訊いた。しかし、おりうはゆっくりと顔を横に振って、滅相もございません、と言うだけだった。

隼人は、そうか、とつぶやいただけで、それ以上、賃金のことは口にしなかった。ただ、家士の庄助に、食材や着物の仕立てや繕い、障子、襖の補修などにかかる費用を月に一度、おりうに預けるよう命じただけだった。

おりうは、毎月、渡される金の使い道を認めた書き付けとともに、残りの金を庄助に戻した。一度として金を自分の懐に入れた気配はなかった。

それも亭主の太吉が隼人に取り入るのを手助けするためである、と考えるなら納得のいくことだった。

かつて羽根藩に大名貸しをしていた博多の商人播磨屋が、農地も買い入れ、藩主に次ぐ大地主ではないか、と言われるほど力を振るったが、いまでは商売が傾き、城下の出店も畳んだ。

その後、上方商人が領内に入り込み、利益は上方に持ち去られており、藩としては地元の商人を大きくしたいと考えていた。そんなおり、藩政の実力者である隼人に太吉が食い込もうとするのは当然であった。

おりうが毎日屋敷を訪れて働くのは、いわば太吉の巧妙な賄賂だとも言えた。だが、隼人はおりうを通わせながら、さほど喜ぶ様子もなく、平然と日々を過ごしていた。

この日、隼人が朝餉を食し終えると、おりうは茶を出しながら、

「太吉が参り、お目もじを願っておりますが、いかがいたしましょうか」

と訊いた。本来なら庄助が訊くべきことだが、太吉についてはおりうが言うのが常のこととなっていた。

「太吉が出仕前に来るのは珍しいな」

日頃、太吉は隼人が城から下がってくるのを待ち受けて、様々な願い事をする。ところが、この日に限って朝から押しかけたのだ。

隼人は珍しい、と言っただけで、会おうとも何とも言わなかった。しかし、おりうは隼人の許しが出たと思ったらしく、障子を開けて縁側に出た。すると、庭先に太吉が姿を見せた。

引き締まった体つきで、眉が太くえらが張った顔で、目がぎょろりとしていた。木綿の羽織を着ている。年は三十二だ。物堅く、信頼が置ける人柄だが、商人だけに利のある話は見逃さないところがあった。

太吉は庭に跪(ひざまず)いて頭を下げた。地面に桜の花びらが散っている。

隼人は茶を飲みながら、太吉にちらりと目を遣った。おりうは、縁側に座ってうつむいている。

太吉が屋敷に来たとき、おりうは日頃よりも口数が少なくなる。夫婦仲はよいはずだが、隼人の前では気兼ねするところがあるようだ。

「何の用だ」

隼人は素っ気なく声をかけた。太吉は頭を上げると、懐から一枚の書き付けを出した。

「昨夜、多聞様を襲った方々の名前がわかりましてございます」

太吉の言葉に隼人は眉をひそめた。

「そなたも、昨夜、わたしを見張っていたのか」

迷惑そうに言われても太吉は怯(ひる)まなかった。

「わたしは、多聞様が欅屋敷にお出かけの際は、いつも陰ながらお供をいたしております。失礼はお許しください。もし、何か危(あや)ういことがあってはと思ってのことでございますゆえ」

「いままで気づかなかったのはわたしの不覚だな」

隼人は淡々と言った。

「いえ、多聞様がお気づきになられるほど近くには決して参りませんでしたから。それゆえ、昨夜、多聞様を襲う方々がいることもお知らせできませんでした。申し訳なく思っております」

太吉はたじろぐことなく応じた。

隼人はわずかに苦笑を浮かべただけだ。太吉は縁側に寄ると、おりうに書き付けを手渡した。書き付けにはひとの名が書き連ねてあった。

「多聞様が去られた後、息を吹き返して逃げた方々のあとをつけて、身元を確かめてございます。四人の方々の名前をご覧くださいますよう」

太吉はあらためて庭に跪いて頭を下げた。しかし、隼人は太吉を見ようともしなかった。

「いらぬことをする」

何の関心もないと言いたげな隼人の言葉に、太吉は顔をしかめた。

「ですが、多聞様が御家のためになさることを邪魔する方々ではございませんか。糾問(きゅうもん)なさらねば、これからも多聞様の敵となるのは間違いありません」

「わたしのまわりは敵ばかりだ。いまさら敵の名など知っても無駄なことだ」

隼人は言い捨てると茶碗を置いて、

「出仕いたすぞ」

とおりうに声をかけた。おりうが裃(かみしも)を支度(したく)する間、太吉は悄然(しょうぜん)として庭に座り続けていた。

隼人はもはや太吉のことは忘れたように、目を向けようともしなかった。

朝の陽射しが庭の桜に注いでいた。

この日、登城した隼人はいつものように御用部屋で執務した。

時おり、御勝手方の者が決裁を求めて訪れるほかは、誰も来ない。家中では、隼人の御用部屋に続く大廊下は、

――鬼の廊下

などと呼ばれており、親しんで話しにくる者は絶えてなかった。隼人はそんな孤独にも慣れている様子で、ひとり丹念に文書に目を通していた。

昼過ぎになって弁当を使った後、茶を喫していると、兼清付きの小姓が御用部屋の入り口で跪き、手をつかえた。

「多聞様、殿が御座所にてお召しでございます。ただちに参じられますよう」

まだ十三、四歳の小姓は、声変わりしていない甲高い声で告げた。隼人は首をかしげて、殿がお召しか、とつぶやいた。しばらく考えてから、

「ただいま、参上仕る」

とだけ言った。小姓が去った後も、隼人は何事か考える風情だったが、やおら立ち上がった。大廊下に出て、兼清が待つ御座所へと向かった。

中庭に沿って長く続く廊下を通り御座所の前で跪くと、小姓が、

「御勝手方総元締の多聞隼人、参りましてございます」

と奥へ告げた。小姓に先導されて座敷に入ると、兼清は書見台に向かって書物を読んでいた。いつものように背筋を伸ばした謹直な様子だった。

隼人は膝行して平伏した。兼清は書物を閉じて隼人に目を向けた。大柄でがっしりした体つきだが、近頃は肥満気味のようだ。目には強い光があった。

兼清は、じっと隼人に目を注いだまま何も言わない。隼人はゆっくりと頭を上げて、兼清に向かって言上した。

「お召しにより、参上いたしました。何事でございましょうか」

なおも兼清は隼人の顔を見つめていたが、ため息をついて、

「白木立斎が建白書を出して参った」

と言った。隼人は眉ひとつ動かさずに平然と答えた。

「さようにございますか」

白木立斎は、兼清が十年前、江戸から藩校の教授として招いた儒者だった。今年六十歳になるが、高潔で詩文に優れ、学問の教授にあたっては懇切丁寧であり、羽根藩

の学問を一気に高めたとの評価を得ていた。

「どうしたものかな」

兼清は傍らに置いていた建白書らしい書状を手にして開いた。

「さて、建白書の中身をそれがしは存じませぬゆえ、何とも申し上げようがございません」

隼人は表情を変えず、静かに応じた。

「なに、書いてあるのはいつものことだ」

兼清は書状を巻くと、小姓に命じて隼人に渡させた。

隼人は書状をゆっくりと開いて読んでいった。書き連ねられているのは、隼人がかつて立斎から面と向かって非難されたのと同じ内容だった。

立斎は藩の成り立ちから説き、これまでに家臣たちがいかに御家のために忠節を尽くしてきたかを述べ、しかしながら、いまの藩は家臣から奪うことだけで与えるということがなく、代々の忠義を思いやるゆとりがない。借銀の返済に追われるあまり、武門の矜持(きょうじ)がなおざりにされている、と辛辣(しんらつ)に述べていた。

それもこれも、多聞隼人のような新参者(しんざんもの)に政(まつりごと)をまかせ、重代の家臣の意見を重んじなくなったことの弊害(へいがい)であると論じ、失政だと断じている。

さらに、半知借り上げは、藩士の暮らしを困窮させ、目の前の金銭になびく心を生じさせて士風の頽廃を招き、年貢の厳しい取り立てに不満を持つ百姓を牢に入れ、厳罰に処していることは仁政とは呼べず、民の心を離反させる。これでは御家を保つことができない。

また、城下の商人に対してことさら優遇するのは商人の増長につながり、風儀を悪くする、などとも指摘して、その因をなす御勝手方総元締の罷免を求め、家中の名家から人材を登用すべきだと訴えていた。

建白書を読み終えた隼人は書状を巻きながら、

「まことに立斎先生の卓見かと存じます」

とひややかに言った。

「ほう、卓見と申すか」

兼清は面白そうに微笑した。

「さよう、立斎先生の申されるようにできるのであれば、まことに卓見でございます。されど、画餅にすぎず、行うことはできますまい」

隼人の声には諦めに似たものがあった。

「どれも実現はできぬか。しかし、牢に入れておる百姓どもを赦免いたすことなどは、明日にでもできるのではないか」

兼清は隼人を見据えた。

「されば、悔悛の情を見定めてから順次、解き放っております。一度に赦免いたせば、仲間うちで寄り集まり、今度は一揆を企てかねませぬ。そうなれば御家の大事でございますが、百姓たちも死罪を免れなくなります」

「ふむ、そうか。では、半知借り上げや城下の商人を優遇いたしておる件はどうじゃ。立斎の論では、いずれも悪しきことだというが」

試すように兼清は言った。

「確かに悪しきことでございましょう。もし、天から米や銀子が降ってまいりますならば、それがしもいたしとうはございません。しかし、いくら天を仰いでいても、さようなことは起こらぬと存じます」

「なるほどな」

兼清はうなずいてしばらく考えた後、口を開いた。

「そなたの申すことはもっともだ。わしも藩の財政を好転させたいと思い、様々に策を講じてみたが如何とも難かった。それゆえ、そなたを用いて思い切った改革をいたしたのだ。いまさら後へは退けぬと思うておる。だが、そなたのやり方はいささかひとの情を解さぬかのようにも思える。立斎がかようにまで批判いたすのは、そのためではないのか」

「それがしが、ひとの情を知らぬとの仰せにございましょうか」

隼人の目の光が鋭くなった。兼清は苦笑いして話を続けた。

「そこまで言うては酷に過ぎようが、仁政こそが君主の採るべき道だ。そなたはわしの命に従い、借銀をなくし、財政を立て直そうといたしておるが、仁政を忘れたならば、わしにも誹りは及ぶのだ。それでは忠義とは言えぬのではないか」

噛んで含めるように兼清は言った。隼人は黙して聞いていたが、兼清が口を閉じると、手をつかえた。

「まことに仰せの通りかと存じます。殿のお心に添うことができませなんだのは、それがしの不徳でございます。お叱りを被りましたからには、今後、仁政を心掛けて参りますゆえ、お許しくださいませ」

畳に額がつくほど、隼人は頭を下げた。その様子を見つめていた兼清は、大きく息を吐いてから訊いた。

「では、立斎の建白書はいかがいたそうかの」

隼人はゆらりと頭を上げた。

「されば、信賞必罰こそが肝要でございます。政に私見を申し立てるなど不遜の所業にございますれば、閉門を申し付けるほかないかと存じます」

「そなたは、たったいま、仁政を心掛けると申したではないか」

兼清は呆れたように言った。隼人はうっすらと笑みを浮かべた。

「罰するべきは罰する。これがそれがしの仁政でございます」

兼清はわずかに目を逸らした。

「さようか。そなたがそうまで申すなら、立斎への処分はいたしかたあるまい。されど、わしから、あらためて訊かねばならぬことがある」

「なんでございましょうか」

隼人は無表情に問い返した。兼清は厳しい視線を隼人に向けた。

「昨夜、そなたがさる女のところへ通ったおり、家中の者に咎められて争いとなり、乱暴をいたしたとのことだが、まことか」

「さて、そのようなことはお聞き流しくださいませ」

隼人は平然と答えた。

「ほう、乱暴狼藉をしたと認めるのじゃな」

「いえ、決してさようなことはございません」

きっぱりと隼人は言ってのけた。

「何もなかった、と申すか」

鼻白(はなじろ)んだ顔で兼清は言った。

「もし、何かあったと申し上げれば、家中から咎人(とがにん)を出さねばならなくなります。それではせっかく仁政を心掛けておわす殿の名君の評判に傷がつきましょう。それゆえ、お聞き流しくださいますようお願い申し上げたのでございます。それもまた仁政かと、それがしは存じます」

隼人は膝(ひざ)を乗り出して声を高くした。

兼清は押し黙ったが、身じろぎして吐息を洩らした。

「そなたは先ほど罰すべきは罰すと申し、いまは何も聞かぬのが仁政じゃと言ってのけるのだな」

「いかにもさようにございます。すべては殿の御為(おんため)を思ってのことにて、なにとぞ、お聞き届けくださいませ」

深々と頭を下げる隼人を兼清はひややかに見つめた。

三

この日、おりうは隼人の屋敷の掃除をすませた後、いったん白金屋に戻った。

間口十間(けん)の店では番頭ひとりと手代が二人、ほかに女中や小僧たちが客を相手に忙しく働いていた。

おりうは番頭に声をかけて店に上がると、台所へ回った。

二人の女中が水仕事をしており、板の間に十歳ぐらいの男の子と妹らしい五、六歳の女の子が座っていた。

暗い台所に格子窓(こうしまど)から春の陽射しが差しこんでいる。

おりうが台所に入ってきたのを見て、子供たちは顔を輝かせた。

「姉ちゃん」

男の子と女の子は、おりうに呼びかけて飛びついてきた。男の子は善太(ぜんた)、女の子は幸(こう)という。おりうの弟と妹だった。おりうは腰をかがめてふたりを抱きしめた。

「ごめんね。待たせちゃった」

そう言いながら、おりうは女中にうなずいてみせた。

女中が心得顔で台所の隅に置いてあった風呂敷包みを持ってきた。おりうは風呂敷包みを受け取ると善太に渡した。

「これにお餅とお薬が入ってる。おっかさんに餅を焼いて食べさせるんだよ。たんとあるから、あんたたちも食べていいからね。お薬はいつものように煎じておっかさんに飲ませて。それから——」

おりうは懐から紙包みを出して善太の手に握らせた。

「毎月のお金が入ってる。叔父さんに渡しておくれ。落としたりしちゃ駄目だよ」

善太はしっかりとうなずいた。

「大丈夫ちゃ、姉ちゃん。間違いなく叔父さんに渡すちゃ」

善太の返事におりうは微笑した。すると、幸がおりうの袖を引いた。

「姉ちゃん。鬼のところにおるって、本当かいね」

と訊いた。おりうは、どきりとして問い返した。

「なぜそんなことを言うの」

おりうが顔色を変えたのを見て、幸はうつむいてしまった。代わりに善太が答えた。

「叔父さんがそう言ってたっちゃ。姉ちゃんは鬼のところで働いとるって。父ちゃんを殺された恨みを忘れたらしかとも言うとった」

善太と幸はおりうの顔を見つめた。

「そんな――」

おりうは唇を噛んだ。

三年前、おりうの父親の五平(ごへい)は、年貢の取り立てが厳しすぎると、江戸に出て幕府に強訴(ごうそ)しようと村の者たちと談合した。

そのことが村役人に知られて捕らえられ、牢に入れられた。

五平はもともと体が強くなく、入牢して過酷な取り調べを受けると血を吐いて死んだ。五平の遺骸(いがい)が家に運ばれた日、母親の節(せつ)は気を失い、そのまま寝付いてしまった。

父親が急死し、病の母親と幼い弟や妹を抱えておりうは途方に暮れたが、ちょうど村につぶれ百姓の田圃を買いに来ていた太吉がおりうを見初(みそ)めて女房に迎えてくれた。

太吉は母親と善太や幸も引き取ろうと言ってくれたが、そこまで世話になるのもためらわれた。

叔父の吉兵衛(きちべえ)に母親たちを預かってもらい、薬や養い料を届けることにしたのだ。

だが、叔父に預かってもらう代わりに養い料を届けるのも、太吉に助けてもらってようやくできることだけに、女房になったといっても、おりうは肩身の狭い思いをしてきた。

　太吉から隼人の身の回りの世話をするように言われたときは、これで太吉のために少しは役に立てるとほっとしたものだ。しかし、隼人が村人から、

　――鬼

と呼ばれていることは知っていたし、五平が入牢して死ぬことになったのは隼人のせいだとも思っていた。

（あのひとさえ年貢の厳しい取り立てをしなければ、おとっつぁんは死なずにすんだ）

　そう思うにつけ、隼人はいわば父親の仇だとおりうには思えた。隼人の屋敷に行くようになってからも、胸の奥に恨みを抱えていた。

　隼人の月代を剃り、髭をあたるのは家僕の半平の仕事だが、時おり、おりうにまかされることがあった。縁側で隼人の背後に回って月代を剃りながら、ふと剃刀を持つ手が震えた。

　このまま隼人の首を掻き切ったら、妻子を残して死ななければならなかった父親の

悔しさが晴れるのではないか、と思えた。

しかし、病の母親と弟や妹のことを思えば、そんなことができるはずもなかった。

何より、困窮していたおりうに救いの手を差し伸べてくれた太吉のことを思えば、迷惑をかけるわけにはいかない、と心に決めていた。

それでも、自分が隼人の屋敷に通って世話をしていることを叔父に知られたと思えば、胸苦しくなった。村のひとたちも、おりうが鬼と呼ばれる隼人の身の回りを世話していると知ったら、どれだけ謗るかわからない。

病床に臥す母親の節も心を痛めているのではないか。だからといって、いまさらどうしていいかわからない。

おりうは当惑した思いで善太と幸を見返して、

「姉ちゃんは、確かに多聞様というお武家の屋敷に行っているけど、ちょっと掃除をしたりしているだけなんだよ。わたしの旦那様の商(あきな)いの手助けになることだから、仕方なくやっているの。おとっつぁんを死なせた鬼への恨みを忘れたりしたわけじゃないからって、叔父さんに言っておいて」

と辛(かろ)うじて告げた。

善太と幸が嬉(うれ)しげにうなずくのを、おりうは悲しい思いで眺めた。

それにしても、太吉はどういうつもりでわたしを隼人の屋敷に通わせているのだろう、とおりうはあらためて思った。

太吉が藩の御用商人になろうと狙っているのは、うっすらとわかっていた。

だが、男所帯の隼人の屋敷に女ひとりを通わせることに、太吉は危ういものを感じないのだろうか、と訝しく思わずにはいられない。

隼人は世間が鬼と呼ぶほどの荒々しさはなく、むしろ穏やかな人柄に思えたが、時おり、厳しい表情で何事か考えていることがあった。そんなおりの隼人は、近づき難いひややかさを湛えていた。

隼人が非番の日は、屋敷の中で顔を合わせることも多かった。着替えを手伝うおりなど、身近に接するだけに、戸惑わずにはいられない。

そんなとき、ふと、太吉が自分を女房にしたのは、初めから隼人の屋敷に通わせ、場合によっては人身御供として差し出す肚があってのことではないだろうか、という疑念が浮かんだ。

太吉が三十過ぎまで独り身だったのは、商売に熱心なあまりだったにしても、村で見かけただけのおりうを女房にしようと思い立ったのは、唐突に過ぎる気がする。

おりうをひと目見ただけで気に入ったからだと言ってくれるが、そんなことが本当にあるのだろうかという不安があった。

女房になってから、太吉はやさしくしてくれるし、店の者たちもおかみさんとして立ててくれる。しかし、どことなくしっくりしないものがあるのも確かだった。

ひょっとしたら、自分は隼人の屋敷に通って商売の役に立ったためだけに女房として迎えられたのかもしれない。その役目が終われば、この店から放り出されてしまうのではないだろうか。

そうだとすると、隼人の屋敷に通うことは、母親たちのためにも止められないのだ。おりうは善太と幸の肩を抱いて囁いた。

「姉ちゃんはしっかりやっているから、何も心配しないでいいって、おっかさんに伝えてね」

くじけずに隼人の屋敷に通い続けることが自分にとって父親の仇討ちかもしれない、という考えがおりうの頭を過った。

十日後――。

薄曇りの日だった。

白木立斎が城中の評定の間に呼び出され、藩校教授の免職と閉門を、目付方の大野平九郎から言い渡された。

白髪交じりの総髪で、額が広く頬がこけて鷲鼻の立斎は、裃姿で申し渡しを平伏して聞いた後、身を起こして口を開いた。

「お達しはそれのみにございますか」

思わぬ問いかけをされて、平九郎は眉をひそめた。

「それのみ、とはいかがなことじゃ。上意を問いただすかのごとき物言いは不遜でござるぞ」

「いや、上意を問うなどという気持は毛頭ござらん。ただ、それがしだけでなく、多聞隼人殿にもお咎めはなかったのであろうか、と思ったしだいでござる」

平九郎は顔をそむけて答えた。

「さようなものはない」

「なるほど、ならばいたしかたございませんな」

立斎はひややかな笑みを浮かべた。平九郎は憮然として訊いた。

「いたしかたない、とはいかなる意味で申されたのだ。場合によっては聞き捨てなりませんぞ」

「いや、ご無礼いたしました。ただ、先日、多聞隼人殿を闇討ちしようとした企てがあったに聞き及んでおります。それがしの建白により多聞殿にお咎めがあれば、さような企てもなくなると思っておりましたが、どうやら無駄であったようですな」

立斎は傲然として言った。苦々しげな顔になった平九郎は、言い渡しはこれまで、と言うと立ち上がった。すると立斎は手を上げた。

「閉門とのことでございますが、屋敷に戻ります前に、城中にてひとに会うのは構わぬでしょうか」

「誰に会うと申される」

咎めを受けてすぐに、ひとに会いたいと言う立斎の傲慢な申し出に、平九郎は困惑して問うた。

「ご家老の塩谷勘右衛門様にございます」

筆頭家老の名を出されて、平九郎は少し考えた後、

「閉門は屋敷に戻られてからだ。それまでのことは、それがしは与り知らぬ」

と言い捨てて評定の間から出ていった。もはや立斎とは関わりたくないと言わんばかりの様子だった。

立斎はにやりと笑うと立ち上がった。廊下に出て勘右衛門の御用部屋に向かった。途中で薄暗い〈鬼の廊下〉を通り過ぎるとき、隼人の御用部屋にちらりと皮肉な目

を向けた。

筆頭家老の御用部屋の前で廊下に跪いた立斎は、部屋の中に向かって、

「白木でござる」

と声をかけた。立斎が来ることを予想していたのか、部屋からはすぐさま、

「入られよ」

と応じる声があった。

立斎が部屋に入ると、勘右衛門が机に向かって文書を見ていた。五十過ぎで小太りの勘右衛門は、ひょいと顔を上げて立斎を見た。

勘右衛門は羽根藩家中でも名門の家柄で、飯沢長左衛門が隠退した後、筆頭家老を務めているが、隼人の辣腕(らつわん)の評判に隠れて影が薄いと言われていた。

「ご沙汰(さた)の申し渡しは終わられましたかな」

勘右衛門に声をかけられて、立斎は膝行して勘右衛門の前に進み、

「藩校教授を罷免されてございますれば、羽根藩ともお別れですな」

と淡々と言った。

勘右衛門は肉付きのよい腕を大仰(おおぎょう)に振ってみせた。

「何を言われるか。殿は白木殿の学識を敬(うやも)うておられる。めったなことで手放しは

いたされぬ。とりあえずのけじめをつけただけのことにて、間もなくお召し出しのご沙汰がありましょう」

「ならば、閉門などと回りくどいことをされずともよいのではございませぬか」

立斎は顔をしかめてみせた。

勘右衛門は媚びるような笑いを浮かべた。

「さように憤られるな。なにせいまの藩財政では、多聞の策を採っていくしか借銀返済の道が見当たりません。いかに白木殿の申されることが正論であっても、多聞を除くというわけには参らんのです」

「さように申されている間に羽根藩の士道が廃れたらいかがなされますか。いかに立派な器を作ろうと、中に置くのが玉ではなくて、変哲もない路傍の石ころでは、本末転倒ではございませぬか」

立斎は厳しい目をして決めつけた。

「いや、御説ごもっともでござる。そのあたりのことは殿も十分におわかりだと存じますぞ」

「ならば、なぜ、多聞のような毒物を使われますのか。領内の百姓どもの怨嗟の声が、塩谷様の耳には入っておらぬのでございまするか」

立斎は大仰に頭を振って慨嘆した。

「されば、毒を薬といたそうというのでござる」

勘右衛門は身を乗り出して声を低めた。

「すなわち、殿には黒菱沼の埋め立てを多聞に行わせようというお考えがあるのでござる。このこと、すでに多聞に、殿より直にお命じになられておりまするぞ」

立斎は息を呑んだ。

「なんと。黒菱沼を埋め立てて新田を作る話は昔から何度もありながら、立ち消えになってきた難事ではござらぬか」

黒菱沼は海岸に近い湿地帯で、近くに川があり、利水の便がよいことから、何度か埋め立てが計画された場所だった。

しかし、実際に着手しようとすると、沼地を田圃に変えるほどの土をどこから運ぶのか、さらに海岸に近いだけに土に塩分が染み込み、埋め立ててもすぐには米作ができそうにない、などというわけで見送られてきた。

「だからこそ、多聞にやらせるのでござる。もし成功するならば、御家にとって新田が増え喜ばしい限りでござるうえに、失敗いたせば多聞が責めを負うこととなり、これまでの苛政の罪も合わせて問うことができ申す」

勘右衛門はしたり顔で話した。立斎は畳に目を落としてしばらく考えていたが、ふと顔を上げて勘右衛門を見つめた。

「されど、殿はご仁慈を常日頃から心掛けておられる名君ですぞ。これまで重く用いられてきた多聞を、さようにあっさりと切り捨てることがおできになりまするかな」

自信ありげに勘右衛門はうなずいた。

「白木殿が何を仰せになるやら。殿は白木殿の建白書にいたく感銘を受けられたのでござる。此度(こたび)は白木殿を処分せねばなりませなんだが、建白の意のあるところを殿はおわかりでございますぞ。そのことをお忘れなきよう」

勘右衛門の言葉を聞いて、立斎の顔が明るくなった。自らの膝をぴしゃりと叩いた立斎は、にこやかに言葉を発した。

「おお、ならば、それがしの建白は無駄ではなかったのでござるな。それならば、どれほど長くとも閉門に耐えられますぞ」

勘右衛門は手を叩いて小姓を呼ぶと、茶を持ってくるように言いつけた。それから立斎に顔を向けて、

「きょうは茶でござるが、いずれ多聞めを退けたおりには、酒にて祝うことになりましょうぞ」

と嘯(うそぶ)いた。

立斎が、くくっと笑うと、勘右衛門も笑声(しょうせい)を上げた。

同じころ、隼人は御用部屋で黒菱沼の絵図を広げていた。薄暗い御用部屋で隼人のまわりには、冷え冷えとした空気が広がっているかのようだ。

まわりには、これまで黒菱沼の埋め立てが計画された際の人足の数や日数、費用の見積もりなどの文書が積まれている。

隼人は文書に目を通しつつ、絵図を眺めて、

「なるほど、これは難事だ」

とつぶやいた。少なくとも数年の日数と二万両を下らない費用がかかるはずだ。

兼清は、黒菱沼の埋め立てについて隼人に命じながら、

「もし、無理だと思えば、はっきりと申せ。これまでできなんだことゆえ、そなたが引き受けられずとも当然のことだ」

と温厚な口ぶりで告げた。隼人は黙って頭を下げたが、そのときには引き受ける腹積もりを固めていた。

「この難しい普請(ふしん)をやり抜くことで、わが大願(たいがん)は成就(じょうじゅ)いたすかもしれぬ」

隼人はぽつりと言った。そのとき、隼人の胸には欅屋敷に住む女人、楓の面影が浮かんでいた。

四

多聞隼人は非番の日に黒菱沼に出かけた。

初夏となっていた。

隼人は笠をかぶり、羽織に裁付袴姿で草鞋を履いている。供は家士の古村庄助だけだ。庄助は、二十歳を過ぎたばかりの、武術熱心でがっしりした体つきの寡黙な男で、隼人の供をしながらもほとんど口を利かない。隼人も必要なこと以外は口にしないので、主従は言葉を交わすこともなく黒菱沼への道をたどった。どんよりと曇った日だったが、時おり雲の切れ間から陽射しが洩れて、田畑を細長く白い筋のように照らしていた。

遠くに山並みが青く霞んで見える。

わずかに風が吹いていた。

黒菱沼は、羽根藩領内を流れる高坂川から分かれた尾木川に沿った、安良城野という平野部にある。

下ノ江の湊に近く、昔はすぐそばまで入り江だったところだ。しだいに埋め立てが進み、いつの間にか黒菱沼と呼ばれる湿地帯だけが田畑にもならず残っていた。

隼人は、菱が水面を覆った黒菱沼を見渡せる土手に出た。ちょうど昼時になっていたので、大刀を脇に置いて土手に腰を下ろし、庄助が背に負った荷から弁当を出させた。

黒菱沼は八十町歩ほどの広さがある。

菱の実を採りに来る百姓は小舟で作業を行う。まわりも泥土になっており、歩こうとすればたちまち足をとられ、沼に落ちる。

晴れた日でも、近くの百姓が地面と思って牛や馬を歩かせると、ずぶずぶと沈み込み、引き上げるのに苦労することもある。

ひとがめったに足を踏み入れない場所だからなのだろうか、うら寂しく荒涼とした風景だった。牛や馬が通った跡だけ、黒々とした土が見える。どこからか糞尿の臭いが漂ってくる。

隼人はあたりを見回しながらつぶやくように言った。

「このあたりは大開とも呼ばれておる。干拓地は昔から、〈搦〉あるいは〈開〉などと呼ばれておるらしい。〈搦〉は干拓するための堤防造りに竹の枝を絡み付けた杭を使うからだ。〈開〉は干拓して土地が開かれたということであろうな。干拓が成らなかったにもかかわらず、この沼がそう呼ばれるようになったのは、民百姓の願いが込められているゆえかもしれぬ」

「それで大開というのでございますか」

庄助はうなずいてまわりに目を遣った。

「ところで、この黒菱沼の干拓だけがなぜ進まぬか、知っておるか」

隼人はなにげなく訊いた。

歩き回ったためか額に汗を浮かべていた。

庄助は、存じませぬ、と短く答えた。

隼人がこういう言い方をするときは、自分の考えをまとめようとしているだけだ。まともに訊いているわけではないことを、庄助は心得ていた。はたして、握り飯を食べながら隼人は独り言のように語り始めた。

「御家が初めて領国に入部されたとき、まず手をつけられたのが下ノ江の湊を開くことと、このあたりの干拓だ。ところが、そのころ、黒菱沼は隣藩の飛び地に含まれていた。普請をしようとするたび、水路をふさがれたり流れを変えられることを恐れた隣藩の百姓に妨害された」

「さようでございましたか」

庄助はさりげなく相槌を打った。

「そのため、干拓から取り残された。そうなってみると、いまさらここを干拓しようという者がいなくなった。干拓には金と人手がかかるが、沼のまわりは茅を刈る入会地で、田畑に変えたとしても藩に召し上げられるだけだからな」

隼人は、それでも昔は感心な人物がいたようだ、と言いながら竹筒の水を飲んだ。大きく息をついて、

「六十年ほど前に、安良城野の大庄屋であった小野伝兵衛というひとが、大野島の開拓を行って五十町歩を開いた。それが、いまも伝兵衛新田と呼ばれておる。その伝兵衛がその後いかがなったか、知っておるか」

と言った。

「さて、お殿様よりご褒美を頂戴し、士分に取り立てられるなどしたのではございませんか」

「いや、伝兵衛は普請のために私産を使い果たし、そのうえ、隣藩の百姓ともめ事を起こしたという廉で大庄屋の任を解かれた。一家は離散し、伝兵衛は困窮の果てに海

に身を投げて死んだそうな」

「まさか、そのような。お百姓のために尽くされたひとが、なぜさような目にあうのでございますか」

庄助は息を呑んだ。隼人は皮肉な笑みを浮かべた。

「世のためひとのために尽くした者は、それだけで満足するしかない。この世で、ひとに褒められ栄耀栄華を誇るのは、さようなものを欲してあがいた者だけだ。ひとに褒められるよりも尽くすことを選んだ者には、何も回ってこぬ。望んでおらぬものは、手に入らぬということだ」

「しかし、それでは理不尽ではございませんか」

「理不尽なのがこの世の中だ」

隼人は、うっすらと笑いながら手拭で額や首筋の汗をぬぐう。朝から外歩きをしただけに少し日焼けしたようだ。

庄助は首をひねった。

「旦那様は黒菱沼干拓の普請を、お殿様より命じられたとうかがいましたが」

「まだ、内々の話だ」

「旦那様は、その普請を果たしても、伝兵衛のような目にあうとはお思いにならないのですか」

「なるであろうな。わたしは家中の者たちや領民から鬼と呼ばれて評判が悪い。そんなわたしが金と人手がかかる厄介な普請を行えば、恨む者はいくらも出てくるであろうからな」

隼人は淡々と言った。

「それでも、なさねばならぬのでございましょうか」

庄助は訝しげに隼人を見た。

「ひとはおかしな生き物だ。おのれの得にならぬとわかっていても、やらねばならぬと思うのだからな」

「さようなものでしょうか。わたしは、ひとは皆、おのれの得になることをするものだとばかり思っておりました」

「それはそうだ。誰しもがおのれの欲のままに生きる。世の習いゆえ、それが悪いとも言えぬ」

隼人は平然と答えると、ふと黒菱沼の南側に目を遣った。

「見るがよい。欲にまみれて生きておる男が、あのようにしてやってくるぞ。たとえおのれのためとは言っても、艱難(かんなん)を厭(いと)わぬ性根(しょうね)は見どころがあるというものだ」

隼人が目を向けた先には、笠をかぶり着物を尻端折りに股引、脚絆の男が、泥に足をとられながら近づいてきていた。

男を見た庄助が驚いて、

「白金屋です。どうして旦那様が黒菱沼に来ておられることを知ったのでしょうか」

と言うと、隼人は無表情に答えた。

「おりうから聞いたに決まっておるではないか。わたしが黒菱沼の干拓に乗り出すと勘づいたに違いない。目端の利く男だからな」

隼人と庄助が言葉を交わすうちに、太吉は足を泥だらけにしながら近づいてきた。笠をとり、頭を下げて口を開いた。

「かようなところに押しかけまして申し訳ございません。わたしもかねがね黒菱沼を見ておきたいと思っておりましたゆえ、多聞様が行かれるのなら、ちょうどよい機会だと存じまして」

「どうせ参るなら、土地の百姓に案内してもらえば、さように泥だらけにならずともすんだであろうに」

ひややかに隼人が言うと、太吉は大きく首を横に振った。

「いえ、お言葉を返すようでございますが、身をもって黒菱沼の泥を知ってよかったと思います。ここを干拓するとなると、たいそうな普請になりますぞ。それに、多聞様はこのあたりの百姓が、ここを何と呼んでおるかご存じでございますか」

「知らぬな」

「〈鬼火沼〉でございます」

あたりを見回してから太吉は言った。

「ほう、この沼には鬼火が出るのか」

隼人は平然と訊き返した。

「さようでございます。戦国のころ、豊後の守護大名大友宗麟が薩摩の島津勢と合戦におよんで敗れ、引き揚げて参ったところ、このあたりで野武士に襲われて百数十人が殺され、身ぐるみはがれて沼に沈められたそうにございます」

太吉は声を低めて言った。

「ほう、そうか。凄まじいことだな。その言い伝え通りなら、この沼には百数十人の骨が沈んでいることになる」

隼人は薄く笑った。

「大友と島津の合戦とは、耳川の戦いのことだろう。元亀、天正のころ、薩摩の島津が日向の伊東氏を破って北上の勢いを見せたため、豊後の国主大友宗麟が兵を発し、日向の耳川で争ったのだ」

「さようでございますか」

隼人が珍しく多弁になっているのを、太吉は興味深げに聞いた。

「島津の猛攻の前に大友は敗れ、大友宗麟は豊後へと逃げ帰った。豊後や豊前、筑前の大友領内では、国人衆の謀反が盛んになった。鬼火沼の謂れは、大友勢がここで討ち取られたことに由来するのだろう」

「では、言い伝えはまことでございますな」

太吉はうなずきながら言った。

「さてな。たしかに何人かは討たれたであろうが、百数十人は多すぎる。合戦での死者とさほど変わらぬ人数ではないか」

考えをめぐらしながら隼人はつぶやいた。

「なぜ、言い伝えになったのでしょうか」

首をかしげ、太吉は訊いた。

「おそらく、黒菱沼の干拓が行われるのを嫌がる隣藩の百姓どもが言いふらしたのだろう。黒菱沼の埋め立てが行われれば、新たな水路が作られて水の流れが変わる。それを恐れたのではないかな」

「では、鬼火沼という呼び名も、わざとつけたものだと言われますか」

太吉は驚いた表情になった。

「いかにも恐ろしげな名をつけて、ひとが寄り付かぬようにしたのであろうよ」

平然と言いながら、隼人は弁当の握り飯を食べ終えた。竹筒に伸ばしかけた手をふと止めた。

堤防から続く道筋に三本の松が立っている。松に目を遣った隼人は、鋭い目をして言った。

「わたしが黒菱沼を見に来たことが気になるのは、太吉だけではなさそうだな」

太吉が驚いて隼人の視線の先に目を向けると、三本の松のそばにいつの間にか六人の修験者(しゅげんじゃ)が立っていた。

鈴懸(すずかけ)の衣の上に結袈裟(ゆいげさ)をかけて頭巾(ときん)をつけ、手には錫杖(しゃくじょう)を持った修験者は、いずれも日焼けし、山野で鍛(きた)えた屈強な体をしている。

修験者たちはこちらを眺めていたが、やがてゆっくりと近づいてきた。

「多聞様、お気をつけください。修験者と見せかけ、悪行をなす無頼(ぶらい)の徒もおりますから」

太吉が囁くように言うと、隼人はさりげなく答えた。

「わかっておる」

隼人は立ち上がり、袴についた泥を払った。

その間に隼人に近づいてきた修験者の中から、眉が太く団栗眼であごに無精ひげを生やした身の丈六尺を超す大男が、錫杖を地面に突き立てて、

「失礼ながら、おうかがいいたす。それがしは瓦岳にて修行をいたす玄鬼坊と申す。お手前は、羽根藩御勝手方総元締の多聞隼人様でござろうか」

と野太い声で訊ねた。

隼人は玄鬼坊をじっと見つめたが、口を開こうとはしない。あたりには草いきれがむっと立ち込めている。

玄鬼坊は隼人が黙っているのに苛立って声を大きくした。

「なぜ答えられぬ。われらを修験者風情と侮られたか」

玄鬼坊が睨みつけても隼人は黙っている。傍らの庄助がたまりかねて、

「旦那様は御用にて黒菱沼に来られたのだ。胡乱な者の問いにはお答えにならん。それがわからぬか」

と叱責するように言った。玄鬼坊はにやりと笑った。

「ほう、御用の途中ゆえ、われらの問いに答えられぬか」

「いや、違うな」

隼人は、ぽつりと言った。玄鬼坊は険しい顔になった。

「違うとはいかなることでござる。われらを愚弄されるか」

「答えずとも、すでにわたしの名をそなたは知っていたではないか。知っている者にわざわざ答えるにはおよぶまい。わたしはさような無駄は嫌いだ」

隼人は言いながら腰を落とし、刀の鯉口を切った。

修験者たちは、さっと隼人を取り巻いて、錫杖を構えた。玄鬼坊はせせら笑った。

「これは驚きましたな。さすがに鬼隼人だ。名を訊ねただけで、さように殺気立たれるのか」

「白木立斎殿の門人の中には瓦岳の修験者もいると聞いておる。そなたら、白木殿の意を受けてわたしに近づいたのであろう。何が狙いか申してみよ」

油断のない構えをとった隼人が言うと、玄鬼坊は錫杖を突き付けた。

「なるほど、われらが立斎様の教えを受けていることを知っているとは驚いた。ならば、申し上げよう」

「聞こう」

隼人が落ち着いて答えると、玄鬼坊はよく響く声で言った。

「多聞隼人の圧政が百姓衆に塗炭の苦しみを与えておることを知らぬ者はおらぬ。それにとどまらず、この黒菱沼の干拓を行うことは、おのが功名のために百姓衆にさらに苦しみを与えるものだ。われら瓦岳の神に仕える修験者は見過ごすことはできぬ」

「ならばどうする」

平然と隼人は訊いた。

「黒菱沼の干拓を諦めるなら、われらはこのまま退こう。されど、なおも行うと申すなら、われらは神に代わって懲らしめねばならぬ」

玄鬼坊は錫杖を構えて、じりっと足を踏み出して間合いを詰めた。太吉があわてて隼人の前に出て、

「お待ちください。御勝手方総元締の多聞様に乱暴を働かれれば、おまえ様方は一人残らず召し捕られて獄に入れられ、さらには瓦岳での修験道も禁じられることになりますぞ」

と叫んだ。玄鬼坊はたじろぐ様子も見せず、

「もとより覚悟のうえだ。われらは天道に背いた者を懲らしめるのみだ」

と言い放った。隼人は嗤った。

「嘘であろう。おぬしらは、白木立斎殿を通じて藩の重役にわたしを脅すよう命じられたのではないのか」

「何を言う。われらは誰の命も受けぬ」

玄鬼坊はわめくように言った。素早く太吉を錫杖で打ち据える。太吉がうめいて地面に倒れた瞬間、隼人は地面を蹴って玄鬼坊に迫った。

白刃が光ったかと思うと、玄鬼坊が手にした錫杖が両断されていた。

玄鬼坊は驚いて怯んだ。

隼人は刀を玄鬼坊の喉もとに突き付ける。

「おぬしらには殺気がない。わたしを脅せばそれでよいと思っているからだ。しかし、脅されたからには、わたしはおぬしらを斬り捨てても咎めは受けぬ」

隼人が鋭い目で玄鬼坊を睨みつけると、修験者たちが色めきたって取り巻き、

「おのれ、鬼隼人めが何をするか」

「玄鬼坊殿を斬るなど許さぬぞ」

と口々にわめいた。隼人は玄鬼坊にさらに詰め寄って、刀を首筋にあてて怒鳴った。

「騒ぐな。おぬしらは、わたしを脅したことで役目を果たしたはずだ。ならば、もは

や退け。さもなくば、こ奴を斬るぞ」

玄鬼坊は脂汗を流しながらうめくように言った。

「わかった。きょうは退こう。しかし、忘れるな。われらはひとの命だけで動いているわけではない。民の難儀を見過ごしにできぬのは、嘘ではないぞ」

玄鬼坊の言葉を聞いて、隼人は刀を鞘に納め、皮肉な口調で言った。

「その心根がまことのものであればよいのだがな」

隼人を憎々しげに見つめながら後退ったかと思うと、玄鬼坊は背を向けて走り出した。ほかの修験者たちもこれに続く。

太吉が立ち上がって隼人に訊いた。

「不埒な修験者どもでございます。捕らえて罰した方がよいと存じますが」

「わたしの行く手を阻もうとする者はいくらでもおる。いちいち捕らえていてはきりがあるまい」

隼人は走り去る修験者たちを見ながら答えた。

雲が流れ、青空がわずかにのぞいた。

五

この日、おりうは欅屋敷を訪れていた。

隼人から頼まれた届け物をするためだった。袱紗（ふくさ）の届け物が銀子だということは、手に持った感触でわかっていた。

届け物を風呂敷に包んで持ったおりうは、屋敷を出て、城下はずれの森のそばにあるという欅屋敷に向かった。歩くうちに背中が汗ばんでくる。

欅屋敷のことは太吉から聞いていた。

隼人は月に一度は欅屋敷を訪れるのだという。昼間のこともあれば夕刻から夜にかけて訪ねることもあるが、決して泊まるようなことはない。

欅屋敷の主人は三十二、三の美しい女人らしいということだが、太吉も顔は見たことがなかった。

「どういう方なのか、身元はよくわからないが、ご家中の奥方様やお嬢様方に和歌や活花（いけばな）をお教えしているという話だ。それだけに、多聞様は、ご自分が訪れていることをひとに知られたくないのではないだろうか」

太吉は推量を交えて話しながら、気になることを付け加えた。

「欅屋敷に行かれるとき、多聞様は日頃より厳しい顔をされている。お帰りになられるときも、ひとを寄せつけない顔をされている。欅屋敷の方と楽しく語らっていらっしゃるようには見えないな。どちらかというと、まるで責められに行かれているような気がするのだ」

太吉の見方が正しいのかどうかはわからない。

先日、隼人は欅屋敷を訪れた際に家中の若侍に襲われそうになったらしい。それゆえ届け物をおりうに頼む気になったのだろう。

おりうに届け物を言いつけるとき、隼人の表情に、欅屋敷を訪れずにすむというかすかな安堵(あんど)があったように思う。あるいは隼人は欅屋敷を訪れたくないのかもしれない。

そう考えると、自分が抱えている銀子も、何かいわくありげに思える。隼人には、欅屋敷の女人に銀子を届けねばならないよほどのわけがあるに違いない。

考えをめぐらしつつ、おりうは城下はずれまで歩いた。やがて太吉に教えられた欅が立つ屋敷が見えてきた。

門前に立ったおりうは欅を見上げた。

地面に落ちた欅の黒々とした影が涼しげだった。

なぜかはわからないが、空に向かって真っ直ぐに伸びた欅が孤独な隼人を思わせる気がした。おりうが訪いを告げると、十二、三歳の男の子が顔を出した。

「多聞様からのお届け物をお持ちいたしました」

おりうは頭を下げて言った。腕白そうな男の子はうなずいてから、いったん奥へ入った。間もなく戻ってくると、

「楓様がお会いになられるちゃ」

と告げた。欅屋敷に住む女人は楓という名なのだ、とおりうは初めて知った。それとともに、隼人が通っている楓とはどんなひとなのだろう、と自分でも思いがけないほど関心が湧いた。男の子が家僕のように取り次ぎをすることも不思議だった。

（この屋敷には、どんなひとが住んでいるのだろう）

訝しく思いつつ、男の子に案内されるまま、おりうは屋敷へ上がった。中庭に面した奥座敷に通されて待っていると、女人が縁側から入ってきた。

陽射しが縁側を照らしており、おりうには、女人が光に縁どられているように見えた。陽射しのためだけではなく、色白の肌や黒髪、ととのった面立ちが輝くようでまぶしく見えたのだ。

女人は床の間を背に座り、

「多聞様からのお使い、ご苦労です。わたくしがこの屋敷の主の楓です」

と言った。おりうはあわてて頭を下げた。

「恐れ入ります。わたしは多聞様のお屋敷に出入りいたしております白金屋太吉と申す商人の女房で、おりうと申します」

「あなたがおりうさんですか」

楓は、興味を抱いたようにおりうを見つめた。

隼人はおりうのことを楓に話しているらしい。何と言われているのだろうと思ったが、訊くわけにもいかない。

おりうは風呂敷を開いて袱紗の包みを取り出すと、お届け物でございます、と言いながら楓の膝元に差し出した。

楓は、じっと袱紗の包みを見つめて訊いた。

「あなたは、この包みに何が入っているか、おわかりでしょうね」

おりうは戸惑いながらも正直に答えた。

「銀子だと存じます」

「銀子だとわかって、どのように思われましたか」

楓はさりげなく訊く。おりうは思いがけない問いかけに、

「わたしは、ただの使いでございますので、何も思うことなど」

と声をかすれさせて答えた。隼人がなぜ銀子を楓に届けるのか、と考えたが、そのことは言わなかった。

楓はうなずいてから言い添えた。

「おりうさんのお父様は年貢の厳しさに耐えかね、強訴しようとして捕らえられ、獄中で病死されたとうかがいました」

おりうは息を呑んだ。

父親が獄死したことを隼人は知っていたのだ。それを承知のうえで、その娘に身の回りの世話をさせていたことになる。

「多聞様は、わたしの身の上をご存じなのですね。それなのに、どうしてわたしがお仕えすることを許されたのでしょうか」

おりうは訊かずにはいられなかった。

「さあ、それはわかりません。ただ、あの方は、ひとが自分を恨むことから決して逃げようとはしないのです。昔から、そういう方なのです」

しみじみとした口調で話す楓の表情には翳（かげ）りがあった。

隼人のことをこれ以上訊くわけにはいかないと思ったおりうが辞去の挨拶をしようとしたとき、縁側をばたばた駆けてくる音がした。

門から案内した男の子とは違う五歳くらいの女の子だった。座敷の前に来ると、跪いた。

——お師匠様

女の子が息をはずませて呼びかけるのに、楓は笑顔を向けた。

「どうしたのです。家の中で走ってはいけないと申したはずですよ」

女の子はうなずきながらも懸命な面持ちで告げた。

「勘太と助松が喧嘩をしちょる」

「おや、それはいけませんね」

楓は苦笑すると、おりうに顔を向けた。

「この屋敷で寺子屋のようなことをしております。男の子は乱暴で、すぐに喧嘩を始めるので困ります」

そう言いながら立ち上がりかけた楓は、ふと思いついたように言った。

「あなたも一緒に来てください。わたくしがどのように日々を過ごしているか、多聞様に伝えていただいたほうがよいかもしれません」

楓に言われておりうはうなずき、立ち上がった。楓は縁側に出ると、渡り廊下で続いている離れへ向かった。

離れにはいずれも百姓の子らしい六人の子供がいて、座敷の真ん中ではふたりの男の子が上になり下になりして、取っ組み合いの喧嘩をしていた。

ひとりはいましがた門から案内してくれた男の子だ。座敷の中は文机（ふづくえ）や筆、硯（すずり）、紙が散乱して、足の踏み場もなかった。

楓が座敷に入ると、まわりで見ていた子供たちはいっせいにおとなしく座った。しかし、当のふたりだけは楓に気づかず、なおも喧嘩をしている。

それを見て、おりうは思わず、

「やめなさい」

と大声を出してしまった。ふたりはびくりとして動きを止めた。そろって振り向いて楓に気づくと、あわててその場で正座した。

おりうは頬を赤らめ、恥ずかしげに楓に言った。

「申し訳ございません。わたしにも幼い弟や妹がおりまして、つい大声を上げてしまいました」

「よいのですよ。わたくしはなかなか大声で叱ることができないので、こんなときは困ってしまいます。おかげで助かりました」

楓は笑顔をおりうに向けてから、ふたりに近づいて声をかけた。

「男の子ですから、元気があまって喧嘩をすることもあるでしょう。ですが、ここは皆が手習いをするところです。そこで喧嘩をしては、ほかの子たちの迷惑になることがわかりませんか。どうしても喧嘩をしたいなら外へ出て、存分にやってきなさい。ただし、もうここへ戻ることは許しません」

厳しい声音で言われて、ふたりはうなだれた。しばらくして、ふたりは蚊の鳴くような声で、

「ごめんなさい。もうせんちゃ」

「お師匠様、許しとくれ」

と口々に謝った。その様子を見ておりうが口を開いた。

「この子たちは、本当に悪かったと思っているようでございます。わたしからもお願いいたします、どうか許してやってください」

楓はおりうの顔を見つめてつぶやいた。

「あなたは、やさしい方なのですね」

おりうは頭を横に振って笑った。

「父親が亡くなりましたので、弟や妹の面倒をみなければなりませんでした。そのうちに、子供たちの本当の心持がなんとなくわかるようになったのでございます」

「その心が、やさしいということだと思います」

楓はおりうを見つめて言葉を重ねた。

「あなたの弟と妹は、どうしていらっしゃるのですか」

やさしく楓は訊いた。その問いかけに楓の真情を感じたおりうは、素直な気持で話した。

「いまは、叔父のところに母とともに預かってもらっています。母は病ですので、弟や妹は肩身の狭い思いで暮らしていると思います」

「それは大変ですね」

楓はうなずいて、

「もし、困ることがあるようでしたら、あなたの弟や妹も、ここにお連れになればよろしいでしょう」

と言った。おりうは目を瞠った。

「このお屋敷に、でございますか？」

「この子たちは皆、親が亡くなるか行方知れずで、行き場がなくなってここで預かったのです」

「楓様は、そのような子供たちを引き取っておられるのですか」

「羽根藩は年貢の取り立てが厳しく、困窮するお百姓が多いのは、あなたも身に染みておわかりでしょう。子供を育てられず、人買いに売ってしまう親さえ珍しくありません。わたくしは何ほどのこともできませんが、縁があった子供たちを預かっているのです」

なぜ、そんなことを、と訊き返したかったが、おりうは口を閉ざした。楓の慈しみ深さは、接していればわかった。できる限り、不幸な子供たちを救いたいと思ってのことなのだろう。

それにしても、他人の子を預かって育てるのは大変なはずだ。おりうには、あらためて楓が謎めいて見えた。楓は子供たちに散乱した紙などの後片付けを言いつけると、おりうをうながして離れを出た。

渡り廊下を過ぎて縁側を戻るとき、おりうは途中にある小部屋の前で線香の匂いがすることに気づいた。足を止め、障子の隙間にちらりと目を遣ると、仏間らしく、奥に黒漆塗りの仏壇が置かれていた。

線香の匂いはその仏壇から漂っていた。おりうの前に現れる前、楓は仏壇に線香をあげていたのだろう。仏壇には小さな位牌があった。

(どなたが亡くなられたのだろう)

おりうは仏間の前を過ぎようとしたが、思い切って楓の背に問いかけた。

「出過ぎたことをお訊きいたしますが、きょうはどなたかのご命日なのでございましょうか」

すると、楓は足を止めて振り向いた。

「仏壇の位牌は、亡くなったわたくしの娘のものです」

さりげなく答える楓の目には、悲しみの色があった。おりうは頭を下げて、

「不躾なことをおうかがいして、申し訳ございませんでした」

と謝った。楓は頭を横に振って、穏やかな声で答えた。

「いいえ、娘のことを話すのは、悲しくはありますけれど、心が慰められもいたします。これも何かの縁です。線香をあげていただけますか」

「わたしのようなものが仏様にお参りいたしてよろしいのでしょうか」

おりうが驚くと、楓は微笑してうなずいた。

仏間に入ったおりうは仏壇の前に座り、線香をあげて手を合わせた。その様を見ながら、楓は口を開いた。

「わたくしが身寄りのない子供たちを引き取っているのも、幼い娘を亡くしたからなのですよ」

「さようでございましたか」

おりうは胸が詰まる思いがした。だからこそ、楓は慈しみ深く子供たちを育てようとしているのだ。

楓は庭の欅に目を遣りながら、

「多聞様がなぜ、わたくしのもとに銀子を届けられるのか、不思議に思われたでしょうが、わたくしの娘と関わりがあってのことなのです」

と言った。おりうは、どきりとして訊いた。

「それはどういうことでございましょうか」

楓は欅から目を離さずに答えた。

「あの銀子は、わたくしの娘を死なせたことへの、多聞様の詫び料なのです」

欅の枝が風に揺れていた。

六

翌日、登城した隼人は御側役を通じて、藩主兼清に目通りを願い出た。間もなく小姓が来て、隼人を御座所へ導いた。

兼清は書見台に向かって書物を読んでいた。御座所に入った隼人が膝行すると、目を上げて、

「そなたから目通りを願い出るとは珍しい。何があったのだ」

と訊いた。隼人は手をつかえ、頭を下げた。

「昨日、黒菱沼に参ってございます」

「ほう、普請をやる気になったのだな」

兼清は満足げな笑みを浮かべた。

「御意にございます。されど、そのためにはお聞き届けいただかねばならぬことがございます」

「なんだ。銀子ならば、わしには算段がつかぬぞ」

冗談めかして言いながら、兼清は隼人をうかがい見た。

「銀子の算段をいたすのはそれがしの役目でございます。殿にお聞き届けいただきたき儀は、それがしを執政の末席にお加えいただくことにございます」

「なに、家老にせよと申すか」

兼清は目を瞠った。

羽根藩には国家老である筆頭家老と江戸家老、さらに次席家老がいる。それぞれに、飯沢、塩谷、中根という、家中の名門の血筋の者が就くというのが慣例だった。

家老に勘定奉行、町奉行、郡奉行が加わって執政会議が開かれるが、藩主への上申などは筆頭家老だけが権限を持っており、執政職と言えば家老のことだった。

隼人も御勝手方総元締として執政会議に出ることはあったが、あくまで問われたことに答えるだけで、意見具申などはできない。

「さようにございます。すでに三人のご家老はおられますゆえ、四人目の家老にしていただきたいのでございます」

ふむ、と考え込んだ兼清は、書見台を脇に置いて隼人を見据えた。

「なぜだ。わけを申せ」

「それがしは御勝手方総元締として、これまで藩政改革を行おうとして参りました。されど、白木立斎殿の建白書にもあるごとく、家中の者や領民はそれがしを憎むばかりで、御勝手方総元締という立場のままでは黒菱沼の干拓をなしとげるのは無理でございます。されば家老となり、余すところなく力をふるわせていただきたいのでございます」

隼人は平然と言ってのけた。兼清は、ゆったりとした表情で隼人の言うことを聞いていたが、

「つまるところ、思い切った仕置きをやろうというのか」

と確かめるように訊いた。

「昨日、黒菱沼を見に参ったところ、胡乱な修験者どもに干拓などさせぬと脅されてございます」

「ほう、怪しからぬ話だな」

兼清は素っ気なく言った。

「修験者どもはそれがしを脅しただけでございますれば、さしたることはございません。されど、実際に干拓を行うようになれば、反発いたす者がどのような所業に出るかわかりません。おそらく、それがしがまことの鬼隼人にならねば普請はなしとげられますまい。それゆえ、場合によっては、それがしの命によって領民に死罪を申しつけることもお許しいただきとうございます」

隼人は目を鋭くして言った。兼清は苦笑して手を上げた。

「待て待て。そなたの申すことに一理はあるが、領民を死罪にできるのは、藩主であるわしだけだ。みだりに許すわけにはいかぬ」

「やはり、かないませぬか」

「いや、領民の処罰は許せぬが、家老職に就くことは許してもよい。しかし、そのためには、そなたにしてもらわねばならぬことがある。いや、面倒だが、してもらうほかないのだ」

兼清は隼人をなだめる口調になった。隼人は膝を乗り出した。

「さて、何をいたせばよろしいのでございましょうか。仰せに従いますゆえ、お申しつけくださいませ」

兼清はにこやかな笑みを浮かべた。

「そなたも知っての通り、わしは他家からの養子だ。家中の名門には気を遣わねばならぬ。特に飯沢、塩谷、中根の三家にはそうだ。わしが独断でそなたを家老の座に据えたとあっては、ただではすむまい」

「いかにもさように存じます」

隼人は手をつかえて言った。

「そなたは、隠居した飯沢長左衛門の推挙で仕官した身だ。長左衛門のもとに参り、了承を得て参れ。長年、藩を支えてきた長左衛門が認めるなら、ほかの二家も異議は唱えまい。その方がそなたも妬み嫉みを受けずにすむのではないか」

諭すように言われて、隼人はしばらく考えてからうなずいた。

「御意、ごもっともでございます。さっそく明日にも、飯沢様をお訪ねいたしましょう」

「そうか。ならば、わしが使いを遣って、ことの次第を報せておこう。あとは、そなたが長左衛門を得心させられるかどうかじゃ。これは見物だな」

面白そうに言う兼清の目を見返しながら、隼人はもう何も言わなかった。

翌日の昼下がり、城中の御用部屋を出た隼人は、裃姿のまま大手門に近い飯沢屋敷を訪れた。

飯沢屋敷への道は白く乾いて、あたりの屋敷の築地塀からのぞく庭木の濃い緑が陽光に輝いていた。

すでに来訪の意は伝えられており、門前に立つと、すぐさま家士に奥へと案内された。

客間で待つ間に茶が出されたが、長左衛門が現れたのは少し時がたってからだった。

長左衛門はすでに七十歳を越えており、髪は白く、痩せて、歩くのもおぼつかない風で、女中に支えられながら座についた。

女中は主人の身を案じてか、そのままそばに控えた。かつては目が鋭く、あごが張って精悍な風貌だった長左衛門の老いた姿を見ても、隼人は眉ひとつ動かさなかった。

「ご無沙汰いたしております。きょうは厚かましいお願いに参上いたし、まことに申し訳ございませぬ」

隼人は頭を下げて、丁寧に言った。

長左衛門は苦虫を嚙み潰したような顔を向けて、

「厚かましいとわかっておるなら、わざわざ出向くにはおよぶまい。書状にて問い合わせてくれれば返事をしてやったのだ。さすれば、そなたの顔を見ずともすむしな」

と皮肉を込めて返した。

隼人は顔を上げると、ひるむ様子もなく訊いた。

「ならば、家老になりたいというそれがしの願いを、お許しいただけまするか」

「馬鹿な。新参者のそなたが家老になりたいなど、身の程を知らぬにもほどがある。書状で訊ねて参れば、許さぬと返事をいたすだけでこと足りたものを、手間をかけさせる」

吐き捨てるように言うと、長左衛門は顔をそむけた。

その様子を見て、隼人は薄く笑った。

「さように仰せになると思い、出向いて参ったのでござる。家老にならねばできぬことがあり申す。なにとぞお許しくださりませ」

「許さぬと申したのが聞こえなかったのか。もともとそなたは、わしの推挙があったればこそ仕官がかなったのだ。いまの身分になれただけでもありがたく思わねばならぬはずだぞ」

叱責するように言った長左衛門は、苦しげに咳き込んだ。

女中があわてて背をなでて、

「もはやこれまでになさってくださいませ。ご無理は体に障りまする」

と言いながら、隼人を非難する目で見た。

さも早く帰れと言わんばかりだった。これほど長左衛門の身を案じるところを見ると、女中というより妾なのかもしれない。

隼人は表情を変えずに口を開いた。

「それがしは仕官いたすおり、殿を当代一の名君として諸国にも知らしめられるよう忠勤を励みますと、飯沢様に申し上げました。そのことを、よもやお忘れではございますまい」

ようやく咳（せき）が止まった長左衛門は、苦しげな顔で隼人を睨んだ。

「たしかに覚えておる。それゆえにこそ、そなたは御勝手方総元締に取り立てられたのだ。家老にまでならずとも、殿にお仕えすればよいことではないか」

そんな長左衛門をひややかに見遣りながら、隼人は表情を厳しくして問うた。

「されど、いまの殿が名君と申せましょうや」

長左衛門は目を剝（む）いて怒鳴った。

「無礼を申すな。殿はまぎれもなく名君である」

怒りのおさまらぬ様子の長左衛門を見据えたまま、表情も変えず、

「まことの名君とは、子孫末代までのことに心いたしてこそと存じます。わが君は質素倹約に努められましたが、藩の財政はいまだ苦しく、家中の者の半知借り上げは続き、年貢は厳しく取り立てねばなりませぬ」

と、隼人は手厳しく言い募った。

「さ、さようなことはわかっておる」

長左衛門は苦々しげに言った。隼人は、ゆっくりと頭を横に振った。

「いや、まことにおわかりではない。いまはまだ、藩士と領民の怨嗟の声はそれがしが一身に受けて、鬼隼人と呼ばれるくらいですんでおります。されど、このままに過ぎて藩を豊かにできねば、いずれは殿が鬼と呼ばれることになりますぞ」

長左衛門は顔をしかめて、

「さように申しても、代々家老職を務めてきた家の体面というものもある」

とかすれた声で言った。

「体面ですと?」

隼人は顔を伏せて、くっくっと笑った。

「飯沢様、十五年前のことをお忘れか。あのおりは、それがしの体面など顧(かえり)みられず、踏みにじられたではございませぬか」

「なんだと」

長左衛門は、ぎょっとした顔になった。

隼人は厳しい目で長左衛門を睨み据えた。

「それがしはあのおりに、殿を名君に必ずや成し奉(たてまつ)ると飯沢様にお約束いたしたのでござる」

「お、おぬしはまだあのことを、忘れてはおらなんだのか」

「いかにも、忘れなどいたしません」

おびえた目で隼人を見つめる長左衛門の膝に置いた手が、わなわなと震えた。それを見て、女中が長左衛門の背をさすりながら、

「旦那様、大丈夫でございますか」

と囁いた。長左衛門の脳裏（のうり）には十五年前の光景が浮かんでいた。

藩主兼清が初めて国入りした日だった。兼清は駕籠（かご）ではなく、白馬に乗って騎馬で国境（くにざかい）を越えた。その英姿（えいし）は家臣たちを感動させた。

長左衛門も兼清の国入り行列に従っていた。そのとき、隼人に出会ったのだ。

長左衛門はあえぎながら言った。

「あのことがあったゆえ、わしはそなたを仕官させ、欅屋敷をあの女に与えたのだ。そ、その恩を忘れたか」

隼人はつめたい表情になった。

「なるほど、ご恩を被りました。ならばこそ、命がけにてご恩返しをいたそうとしておるのでございます。それがしの家老就任を、お許しいただけますな」

最後に押しつけるように隼人が言うと、長左衛門は蒼白になり、目を閉じた。そのまま気を失ったのではないかと見えたとき、大きく息を吐いて告げた。

「わかった。認めてやろう。倅(せがれ)と塩谷と中根にはわしから伝えておくゆえ、何も言われることはあるまい」

長左衛門を容赦(ようしゃ)のない視線で見つめていた隼人は不意に表情をゆるめると、手をつかえ、深々と頭を下げた。

「飯沢様の仰せ、まことにありがたく存じます。このご恩は、生涯忘れませぬ」

淡々と言う隼人を、長左衛門は苦々しげな目で見つめた。

「そなたが申す恩を忘れぬとは、恨みを忘れぬということではないのか」

隼人は顔を上げて、首をかしげてみせた。

「さて、何のことかわかりませぬな」

そう言うと、辞去の挨拶をした隼人はすぐに立ち上がった。客間から出ていく隼人を長左衛門は疎(うと)ましげに見送り、小声で、

「きょうの無礼は許さぬ。覚えておれよ、多聞隼人――」

とつぶやいた。

長左衛門のあばら骨が浮き出た胸に汗が滴(したた)っていた。

隼人が飯沢屋敷の門を出たとき、すでに日が落ち、あたりは薄暗くなっていた。供の庄助が傍らに寄り、

「いかがいたしましょう。お屋敷に戻るころには暗くなると存じます。飯沢様に提灯をお借りいたしましょうか」

「なに、さほど暗くはない。それに今宵は星も出るようだ」

薄紫の空を見上げると、すでに星がひとつ出ている。

庄助が感心したように言った。

「一番星でございますな」

「真っ先に夜空に昇る星を見ると、わたしはいつも思うことがある」

隼人は星を眺めながら言った。

「どのようなことでございましょうか」

「夜空に一番早く出る星は、友もおらず寂しかろう。それでも一番星として昇るのは、勇気があればこそだ。だが、一番星もほかの星が出てくれば紛れてしまう。何のために真っ先に昇るのかわからぬ」

隼人はしみじみと言った。

「まるで、旦那様のような星でございますな」

「わたしはそれほど殊勝な心掛けではないようだ」

隼人は笑って夕暮れの道を歩きだした。

七

隼人が家老に昇進したのは、初秋のころだ。

城内の御用部屋に呼ばれ、筆頭家老の塩谷勘右衛門から素っ気なく、二日後に開かれる次の執政会議から出るように言い渡されただけだった。

慣例では、家老への昇進は主君の御前で言い渡され、兼清から、

――今後も励めよ
の言葉を頂戴するのだ。初めての執政会議もいわば形式的なもので、会議後は新任の家老の屋敷にて披露の宴（うたげ）が催（もよお）される。

このおり、それぞれの奉行配下の下僚たちも祝いに駆けつけ、家老となった者の派閥の色分けがはっきりとするのだ。しかし、隼人の場合は、この酒宴も開かずともよいと申し渡された。

隼人にはそんなことは気にならなかったが、勘右衛門が念を押すように言ったことには耳をそばだてた。

「そなたは、黒菱沼干拓の普請を行うにあたって領民をおのれの命によって死罪にできるお許しを得たいと申し、そのために家老への昇進を望んだそうだが、まこと僭越至極。殿がお許しにならなんだのは当然のこと。御役目に臨んでの気負いが言わせた言葉であろうが、今後は慎め。執政会議でも、差し出をいたすな。われらが申すことを、ただ聞いておればよいのだ」

勘右衛門は一気に言って、隼人を睨み据えた。隼人は軽く頭を下げた。

「お言葉、身に染みてございます。今後は心得違いのないよういたす所存にて――」

隼人の言葉を聞いて、勘右衛門はうすら笑いを浮かべた。

「聞こえのよいことを申しておるが、まことさようにするつもりはあるまい。そんなことは、わしにもわかっておる。だが、出すぎるなと申しておるのは、鬼隼人を憎む者は家中にとどまらず、領民にも多いゆえだ。執政会議でどのように言い合おうと城中でのこと、さしたることはない。怖いのは領民だぞ」

勘右衛門が声をひそめて言うと、隼人はにこりと笑った。

「これは驚きましてございます。塩谷様にはそのことがおわかりでございましたか」

「なんだと」

勘右衛門は目を剝いた。

「それがしも、まさにその通り、恐れるべきは領民であると存じます。ただし、主君にはときに阿諛をもって仕えねばなりませぬが、領民には峻厳にいたさねばなりませぬ。なぜなら、領民と武士は、生き抜くために戦わねばならぬからです。甘い言葉はいりませぬ。その定めを肝に銘じたうえで、鬼と謗られ憎まれても、領民のために働くのが武士だと思っております」

隼人が淡々と言うと、勘右衛門は顔をそむけた。

「相変わらず、おのれひとりが領民のために働いておるような口を利く。されど、いつまでもそのように呑気なことは言うてはおられまい。ひとは甘い言葉が好きなのだ。たとえ、おのれのためにならぬとわかっていても、虫が火に吸い寄せられるようにそちらへ行く。つまるところ、厳しい言葉を吐くそなたなどは、いずれ殿からも領民からも見捨てられよう」

隼人は勘右衛門の言葉を吟味するように首をかしげて考えていたが、やがて顔を上げて口を開いた。

「塩谷様の仰せ、ごもっともと存じまする。それがしは、いずれ殿や領民から見捨てられるやもしれませぬな」

「ほう、やっとわかったか」

勘右衛門は、ほっとした表情になった。だが、隼人はそんな勘右衛門を見据えて言葉を続けた。

「されどそれがしは、何があろうと殿も領民も見捨てることはいたしませぬ。これがそれがしの覚悟でござる」

「殿を見捨てぬだと――」

何という不遜なことを口にするのだと言いかけた勘右衛門を残し、頭を下げた隼人は御用部屋を出た。

広縁を進むと中庭には、心地よい風が吹いていた。

この日の夕刻、執務を終えた隼人が下城して屋敷に戻ると、出迎えたおりうが、太吉が訪ねてきて待っていると告げた。

「そうか、家老職に昇進したことを聞きつけたのであろう。さすがに耳聡い男よ」

隼人がそう言って刀を預けると、おりうは微笑んで、

「耳聡いのは太吉だけではないようでございます」

と言って、控えの間の障子を開けてみせた。そこには、それぞれ城下の名だたる商人の名札をつけた酒や鯛、反物、菓子箱などがずらりと並べられていた。

「城中での話は、その日のうちに商人たちの耳に入る仕組みがあるようだな」

隼人はうんざりしたように言うと、

「太吉も祝いの品を持ってきたのであろうな」

と言った。すると、おりうは頭を振った。

「いえ、太吉はお客様を連れてきております。旦那様のお留守にお上げするのはいかがかと思いましたが、お帰りいただくわけにもいかない方でしたので」

「ほう。太吉の祝いは品物ではなくて、ひとということか」

隼人は奥の居室に入っておりうの介添えで裃を脱ぎ、着替えた。さらに、おりうが持ってきた茶を喫してから、やっと客間へと向かった。

客間に入ると、たしかに太吉だけでなく、白髪頭のがっしりした体格の町人風の男が紋付に羽織袴姿で待っていた。

「待たせたな」

隼人が声をかけると、太吉と白髪頭の男は手をつかえて頭を下げた。その姿勢のまま、太吉が口を開く。

「本日はご昇進、まことにおめでとうございます。さっそくお祝いを申し上げたく参上仕りました。ご無礼とは存じましたが、このおりに、ぜひ多聞様にお目通り願いたいと申される方をお連れいたしました。お許しくださいませ」

隼人は何も言わず床の間を背に座り、面を上げた白髪頭の男を見つめた。

年は六十を過ぎているだろう。太い眉は白く、日焼けした顔は角張って鼻が高い。口はこぶしが入りそうなほど大きく、わずかに笑みを浮かべた際に見えた歯はどれも丈夫そうだった。

太吉は隼人の視線を感じて、

「松木村と加佐村、新津村の大庄屋、佐野七右衛門様にございます。わたしが商売でお世話になっている方です」

と紹介した。七右衛門は大きな体を再び折り曲げて、畳に額がつくほど頭を下げた。隼人は、じっと七右衛門を見つめた。

「ご領内一の大庄屋、佐野七右衛門殿なれば、新参の家老の方から挨拶に出向かねばならぬところ。わざわざ拙宅まで来ていただけたとは恐れ入ります」

七右衛門は、ゆっくりと頭を上げて隼人を見た。頭を下げていたときの慎み深さは影をひそめ、むしろ傲岸な気配さえある大きく鋭い目で無遠慮に隼人を見据えた。

やがて七右衛門は、

「やはりお若い」

と声を洩らした。隼人は苦笑した。

「若いとは恐れ入ってござる。それがしも不惑を越えておりますが、いまだいたりませぬか」

「さようですな。鬼隼人などと言われて、増長しておられるとお見受けいたしました」

「増長と申されるか」

隼人は笑みを浮かべた。鬼隼人という名があることで、増長しているなどとひとに言われたのは初めてだった。

七右衛門は隼人を睨むようにして、

「多聞様はわたしにつけられたあだ名をご存じでございましょうか」

「知っております」

とうなずいてから、隼人は口にした。

――人食い七右衛門
たしかそうでしたな、と言いながら、隼人は七右衛門の顔をのぞきこんだ。

七右衛門は破顔した。

「さようでございます。初めのころは、情け知らず、強欲、人でなし、それこそ鬼などと様々に言われましたが、最後にたどりついたのが人食いでした」

「なるほど。人食い七右衛門に比べれば、鬼隼人はまだまだというわけですな」

隼人が皮肉な笑みを浮かべると、七右衛門は笑わずに言った。

「わたしがなぜ、かような呼び方をされるようになったかはご存じでしょうな」

「むろん、存じております。さらに、七右衛門殿は干拓の普請の経験が豊かで、しかも名手であると聞きおよんでおります。埋め立てられた新田はいずれも水利がよく、美田揃(ぞろ)いであるとも」

「恐れ入ります。されど、それだけの普請をなしとげ、新田を増やしたわたしが、なぜ人食いなどと呼ばれるのでしょうか」

そう口にした七右衛門は、くっくっと笑った。

隼人は平然と答えた。

「普請のために百姓たちを働かせながらその手間賃は払わず、あまつさえ出来上がった新田は開発の功ありということで、そのおよそ八割が七右衛門殿にお下げ渡しになった。つまるところ、辛(つら)い新田開発を行って、肥え太ったのは大地主になった七右衛門殿だけだったからでしょう」

「まさにその通りです」

七右衛門は、かっかと笑った。口を開けて笑うのにつれて、白い眉毛が揺れた。

「その七右衛門殿が、それがしに何の用でござろうか」

隼人が淡々と訊くと、七右衛門は膝を正した。

「多聞様は黒菱沼干拓の普請をお考えとのこと。それならばぜひ、わたしに手伝わせていただけませぬか。憚(はばか)りながらご領内に、わたし以上にその普請をなせる者はおりますまい」

七右衛門の声は自信に満ちていた。

「ほう。しかし黒菱沼は八十町歩に過ぎませぬ。しかも、七右衛門殿はすでに三百町歩を超える干拓の普請をなされて、二百四十町歩を超える新田も手に入れておられると聞く。いまさら火中の栗を拾うような此度の普請を、あえてなされることはないのではありませんかな」

隼人は素っ気なく言った。七右衛門は膝を乗り出し、

「いや、黒菱沼自体は八十町歩かもしれませんが、まわりには田畑に出来る湿地が広がっております。干拓をなせば、得られる田圃は二百町歩より多くなりましょう」

と力強く言った。

「なるほど。そして新田が出来上がった暁には、その八割がまた七右衛門殿のものになるというわけですな」

隼人は鼻の先で笑ってみせた。七右衛門は気を悪くした様子もなく、

「その通りでございます。しかし、出来た新田はこの世から消えませぬ。わたしのものになったといっても、わずかの間、お預かりいたすだけのことです」

と答えた。隼人はひややかに言葉を継いだ。

「面白い理屈ですな。新田はいずれ藩のものになると言われるか」

「さようです。十年か二十年先、わたしがいなくなった後には――」

七右衛門は満足げに言った。

「しかし、ひとの命ははかない。あるいは明日、七右衛門殿は亡くなられるやもしれませんぞ」

隼人がさりげなく言うと、七右衛門はかっと目を見開いて、絞り出すような声で、

「若造が、小癪なことを――」

と罵った。七右衛門の言葉を聞いて、太吉はぎょっとして青ざめた。

隼人は平気な顔で、

「たしかに、七右衛門殿にくらべれば若造でござる。されど、黒菱沼のことについてはいささか考えがござる。いましばらく、返事をお待ちいただけまいか」

と言い添えた。

「わたしを普請に加えぬおつもりか」

「いや、決してさように決めておるわけではござらん」

隼人は七右衛門の目を見返した。

「まことでしょうな」

七右衛門は凄(すご)みのある目で隼人を見つめていたが、不意に、くっくっと笑った。

「いや、初対面というのに、ご無礼いたしました。これはきょうのご挨拶代わりでございます」

七右衛門は脇に置いていた袱紗の包みを解いて、漆塗りの箱を隼人の膝前に差し出した。

「これは何でござる」

隼人は素知らぬ顔で訊いた。

「菓子でございます」

七右衛門は、にやりと笑った。隼人は手をのばして箱を持ち上げる。

「随分と重い菓子だ」

つぶやくように隼人が言うと、七右衛門は自信ありげにうなずいた。

「どなた様にお持ちいたしても喜ばれる菓子でございます」

「そうでござろうな」

隼人は応じただけで、受け取るとも持って帰れとも言わなかった。

七右衛門は黙って隼人をうかがうように見ていたが、やがて大きく吐息をついてから口を開いた。

「白金屋さん、そろそろお暇いたしましょうか」

太吉は一瞬、戸惑いを顔に浮かべたが、すぐに応じて手をつかえ、隼人に頭を下げた。

「お忙しいなか、お邪魔いたしました」

だが、隼人は何も言わない。七右衛門と太吉が辞儀をして客間を出ていく間も言葉をかけず、中庭に目を遣っていた。

太吉は眉をひそめたが、七右衛門は納得したように大きくうなずくと、玄関へと向かった。

おりうが茶を下げに客間に行ったときも、隼人は中庭を見つめていた。おりうが茶碗を下げようとすると、隼人は不意に言った。

「その菓子箱を、明日、欅屋敷に持っていってくれ」

「欅屋敷へ、持って参るのでございますか？」

おりうは戸惑った。

太吉が連れてきた客の様子などから考えれば、置いていった菓子箱の底には賂(まいない)が入っているだろう、と想像がついた。

一方、欅屋敷の楓は身寄りのない子供たちの面倒を見ながら清く生きている。しかも隼人が届ける金は、楓の子供を死なせた詫び料のはずだ。

賂の金を欅屋敷へ持っていくことは楓への冒瀆(ぼうとく)ではないかと思えて、おりうはためらった。そのためらいに気づいたか、隼人はちらりとおりうの顔に視線を走らせて言った。

「どのような因縁(いんねん)のある金でも、金は金だ。生かして使えばよいだけのことだ」

隼人の言葉にうなずきながらも、それでも割り切れぬ思いを抱えたまま、おりうは菓子箱を見つめた。

夕焼けに、中庭の木々が照り映(は)えていた。

八

翌日、おりうは菓子箱の包みを持って欅屋敷へ向かった。七右衛門が持ってきたことなどは口にしないつもりだった。

今朝、屋敷を出る隼人に、欅屋敷に行った後、白金屋に戻ると告げていた。叔父に預かってもらっている母親や弟、妹に会ってから白金屋に戻るつもりだったが、そこまでは説明しなかった。

おりうが白金屋に戻るという話に、隼人は何も言わずうなずいただけだった。家士の古村庄助を伴って門をくぐっていく隼人の後ろ姿を見送りながら、おりうは何とない寂しさを感じた。

太吉の女房だとは言いながら、日々世話をしているのは隼人である。しかし隼人は、決しておりうに本心を打ち明けることはない。

それは太吉も同じように思える。太吉にとって、自分はただ商売を広げるために隼人に近づくための手駒に過ぎないのではないか。

誰か適当な女を雇えば、自分を妻にしておくには及ばないのではないか、とおりうには思える。

日々隼人の世話をするだけで生きていけるのだから、不満を持つのはおかしいと思うのだが、心中の虚しさはどうすることもできない。

おりうはそんなことを思いながら欅屋敷の門をくぐった。訪いを告げて、今日もまた、同じ助松という少年に奥へ案内されると、間もなく楓が出てきた。おりうが挨拶を述べた後、

「多聞様からのお届け物でございます」

と差し出すと、楓は菓子箱をじっと見つめていたが、やがて手に取って蓋を開けた。かすかに息を吞む気配があった。

「多聞様は、この銀子について何かおっしゃいましたか」

楓は、はっきり銀子だと口にした。おりうは、いいえ、何も仰せではございませんでした、と答えた。楓はおりうの目を見て、あらためて訊いた。

「あなたは、これをどなたが多聞様のもとに持ってきたのか、ご存じなのではないですか」

どう答えればよいのかわからず、おりうは目を伏せた。楓には、知らないという嘘をつきたくなかった。

「商人の方でしょうか」

重ねて楓は訊いた。

いいえ、と答えながら、楓に受け取ってもらうためにははっきりと言った方がいいのではないか、とおりうは考え直した。

「大庄屋の佐野七右衛門様でございます」

七右衛門の名を聞いて楓は目を瞠ったが、すぐに、

「あの方らしいやり方ですね」

とつぶやいた。それが、七右衛門のことなのか隼人のことなのか、おりうにはよくわからなかった。

楓はそれ以上何も言わずに、黙って菓子箱を膝元に置いた。

受け取ってくれる気になったのだとほっとしたおりうは、この間から訊きたいと思っていたことを訊ねた。

「楓様は先日、わたしの弟や妹をこちらに引き取ってもよいと仰せになりましたが、まことでしょうか」

楓は穏やかな笑みを浮かべた。

「はい。わたくしができることに限りはありますが、それでよろしければ」

「厚かましいお願いにあがるかもしれませんが、そのおりはよろしくお願いいたします」

おりうは手をつかえて頭を下げた。

「いつでもここへ連れてきていただいて結構です。あなたとは奇縁も感じますし」

「奇縁、でございますか？」

楓が何のことを言っているのかわからず、おりうは顔を上げた。楓は落ち着いた表情でうなずいた。

「わたくしは、あなたのように多聞様のことを案じるひとをしばらくぶりに知りました。それが奇縁だと思っています」

「案じるなどと。わたしは夫の白金屋太吉のために多聞様にお仕えしているだけで、いわば夫の商売を助けようという欲で動いているだけでございます。多聞様のことを案じているなどとはとても申せません」

おりうは何度も頭を横に振った。それとともに、今朝方感じた寂しさが思い上がりだったと思った。

寂しいというならば、親兄弟もなく、ひたすら仕事に追われている隼人こそ、まさにそうではないか。

夫や母親、弟、妹がいる自分が寂しいなどとどうして思えたのだろうか。まして、隼人のことを案じてなどいない。ただ、どのようなひとなのだろうと気にかかっているだけだ。

「わたしはただ、どのようなお方なのだろうと、ときおり考えてしまうだけでございます」

「それが、ひととひとを結ぶ奇縁なのではありませんか。そのひとがどんなひとか知りたいと思うだけでもひとの縁は結ばれたのだと、わたくしは思います」

楓の言葉にうなずきながら、おりうはなぜか頬が染まるのを感じた。同時に、自分が太吉のことを考えようとしないのはなぜなのだろうと思った。

父親を亡くして困窮した暮らしから、自分たちを助け出してくれた太吉への感謝は忘れたことがない。だが、太吉がいま何を考え、何をしようとしているかなど、知りたいと思ったことはない。

女は商売向きのことは知らなくともよいのだと自分に言い聞かせ、太吉が望むことだけをしてきた。そのことに何の不審も抱いていなかったが、隼人のことは不思議なほど気になった。

それも隼人の心のうちにあるであろう寂しさや悲しみが、そばにいるだけでいつしか伝わってくる気がした。

おりうは楓に見つめられていると息苦しくなる気がして、いつの間にかうつむいていた。

楓はそんなおりうを見つめていたが、ふと愁い(うれ)に満ちた顔になって、膝元の菓子箱に目を遣った。

「多聞様は、どこまでも遠くへ行ってしまわれるのですね」

ため息をつく楓を見て、おりうはふと、隼人を誰よりも案じているのは楓なのではないかと思った。しかし、楓と隼人が生きる道が交わることはないのではないか。

なぜかおりうには、そう感じられた。

この日、おりうは、母親と弟の善太や妹の幸を預かってもらっている叔父の吉兵衛を訪ねた。

善太と幸は欅屋敷に預けるが、薬や銀子はいままでと同じだけ届けるから、母親はこれまで通りでお願いしますと話すと、吉兵衛はほっとした表情になった。

「そうか、そんなところがあるのなら、お世話になるのがいいかもしれないな」

病気の母親を預かっているだけでも大きな負担なのだろう、弟と妹を別のところに預けると聞いて、吉兵衛の声には安堵の思いがあふれていた。

母親は子供たちと離れるのが寂しそうではあったが、叔父の家で肩身の狭い思いをしているより、欅屋敷に行けば手習いをさせてもらえるというおりうの話にうなずいた。

それでも、欅屋敷の楓のことが気にかかるらしく、

「その方はなぜ、そんな慈悲深いことをされているのだろうね」

と訊いた。幼い娘を亡くしたためだとは聞いていたが、そのことを話すのも憚られる気がして、

「お優しい方なのよ」

とだけおりうは答えた。善太と幸は、欅屋敷には同じ年頃の子供たちがいると聞いて、顔を輝かせて喜んだ。

「それなら一緒に遊べるちゃ」

「仲良くできるといいけんど」

はしゃぐ弟と妹をおりうはたしなめた。

「遊ぶつもりでいちゃだめよ。手習いをして、立派なひとになるために預かっていただくんですからね」

「でも、みんなで遊ぶこともあるっちゃろ」

善太が言うと、おりうはわざと睨んでみせた。

「遊びばっかりじゃないわ。この間は男の子がふたり、すごい取っ組み合いの喧嘩をしていたのよ」

「おれは喧嘩なら負けんちゃ」

善太は胸を張った。おりうは苦笑して、

「駄目よ、喧嘩なんかしちゃあ。そんな子は預かってもらえません」

と叱った。幸が口を尖らせて、

「そうよ、兄ちゃんはいつも喧嘩ばかりしよるけん」

「だけんど、ひとに意地悪するやつは殴らんとわからん」

と言いながら、げんこつを幸に向かって振り上げてみせた。

おりうは、こらっ、と叱りながらも、弟や妹とこんなに明るい気持で話せたのはいつ以来だろうと思い、あらためて楓への感謝の気持が湧いた。

おりうは、弟たちをいつ欅屋敷に連れていくかなどを決めて白金屋に戻った。道筋の木々の葉は、去りゆく夏を惜しむかのようにまだ青さを保っていた。

この日、太吉が店に帰ってきたのは夜遅くなってからだった。

太吉は商いの話で誰かと飲んだのか、酒臭かった。

「お食事はおすみですか」

おりうに言われて太吉は機嫌よく、ああ、すんだ、と答えた。そのあと、今夜は誰それと会って、こんな商売の話がうまくまとまったと嬉しそうに話した。自慢話めいてはいても、夫の明るい話は聞いていて気持がよかった。

太吉はひと通り話した後、ふと思い出したように、

「そういえば、おりうは今日、欅屋敷に使いに行ったのだったな」

と訊いた。おりうはうなずいた。

「お届け物をしてきました」

「やはり佐野七右衛門様の菓子箱を、そっくり持っていったのか」

太吉は、どうもあのおふたりの考えていることはわからん、と首をひねった。

「おふたりの考え、ですか?」

隼人はともかく、七右衛門の考えもわからないと太吉が言うのに驚いておりうが訊くと、太吉は熟柿(じゅくし)臭い息を吐いた。

「そうなんだ。七右衛門様は、多聞様があの菓子箱の銀子を自分の懐には入れずに、

誰かにやってしまうだろうと言われていた」

「多聞様がどうされるか、見通されていたのですか」

おりうは目を瞠った。太吉はうなずいた。

「そしてそんな方だからこそ一緒に仕事ができるのだと、七右衛門様は愉快そうに言われていた」

隼人と七右衛門は、他人にはうかがい知れないところで互いのことをわかり合っているのかもしれない、とおりうは思った。

おりうが思いをめぐらしていると、太吉は思い出したように言った。

「そういえば、きょうは叔父さんのところへ行くんじゃなかったのか」

太吉の方から言い出されて、おりうはほっとした思いで、善太と幸を欅屋敷に預かってもらうことになった話をした。

「そうか、欅屋敷に――」

太吉はしばらく考えていたが、思い切ったように話し始めた。

「そういうことなら、おりうはしばらく多聞様のお屋敷に、泊まり込みでご奉公させていただいたらどうだろうか」

「えっ、通いではなく、住み込むのですか」

それでは、いまでさえ白金屋で影が薄いのに、ますます太吉との間が開いてしまうのではないか、とおりうは不安になった。

「いいか、多聞様にとって、黒菱沼の干拓は一世一代の大仕事になるに違いない。これがうまくいけば、多聞様は羽根藩で押しも押されもしない大立者になりなさる。そうなれば、わたしも城下一の商人になれるだろう。その大事な時期だ、多聞様を身近でお世話する者がいるのだ」

「でも、世間には、わたしが通いの女中をしているだけでもいろいろ言うひとがいます。それが住み込みになったら何と言われるか」

おりうは眉をひそめて言った。

「世間が何と言おうと構うものか。なにより、せっかくここまで多聞様にくっついてきたんだ。ここでほかの商人につけ込まれたくない。そのために、おりうに二六時中、目を光らせていてもらいたいのさ」

太吉は、はっきりと言った。その執念に、商人とはこういうものなのか、とおりうはあらためて恐れにも似た思いを抱いた。

太吉は大きく息をつくと、おりうから目を逸らして、

「さて、寝るとするか」

と言った。太吉の言葉は誘っているようでもあり、おりうとの話を打ち切ろうとしているだけのようでもあった。

深閑として夜がふけていく。庭から、気の早い草雲雀の鳴き声がした。

九

翌日――。

執政会議に隼人は家老として初めて臨んだ。しかし、塩谷勘右衛門は、隼人が家老になったことにも、今日から執政会議に加わることにも特にふれず、あたかも隼人がそこにいないかのように会議を進めた。

他の列席者も、そんな勘右衛門のやり方を支持するかのごとく、隼人にひと言も声をかけなかった。

隼人はそんな執政たちの態度に苛立ちを見せることもなく平然としていたが、最後の議題が終わると声を上げた。

「それがし、お願いの儀がございます」

勘右衛門は苦々しげに隼人を見た。

「なんだ、多聞ではないか。新参の者は顔見せの会議ぐらいはおとなしく控えておるものだ。言いたいことがあれば、次の会議で申せ。それぐらいの慎み深さがなければ家老は勤まらぬぞ」

「いかにもさようかとは存じますが、殿より仰せつかった黒菱沼干拓に関わることでございますゆえ、なにとぞご容赦くださいませ」

黒菱沼干拓と聞いて勘右衛門は口をつぐみ、他の列席者も黙り込んだ。隼人は皆の顔を見回してから、はっきりした口調で言った。

「ご異存なきようなので申し上げる。長きにわたって瓦岳の獄にある、千々岩臥雲殿を解き放っていただきたいのでござる」

勘右衛門が、ぎょっとした顔になった。

「――大蛇をか」

隼人はうなずいた。

「さようでござる。それがしは風聞としてしか存じませんが、千々岩臥雲殿は藩内きっての学者にして土木に長け、研鑽を積んでおり、普請の指図が書けると聞き申した」

「それはそうだが」

勘右衛門は言葉を濁(にご)し、他の列席者に顔を向けた。だが、誰も応じず目を逸らして、臥雲の話に関わりたくない様子を見せた。

隼人は執政たちに皮肉な眼差(まなざ)しを向けて言葉を継いだ。

「実はそれがしが家老になったと知って、佐野七右衛門がさっそくやって参りました。黒菱沼干拓の普請を自分にやらせろと言うのでございます。そのおり、自らがやってきた普請を誇りました。なるほど、いまの藩内で七右衛門ほど干拓の経験を積んだ者はおりますまい。それがしも、七右衛門を欠いて普請は行えぬと存じます」

郡奉行の石田弥五郎(いしだやごろう)が、人食い七右衛門だぞ、と小声で言った。隼人は弥五郎に顔を向けた。

「なるほど、まさに七右衛門は人食いでありましょう。しかし、田を食うわけではありますまい。何はともあれ干拓を仕上げれば田は残ります。まずは干拓をなしとげることを優先せねばなりませぬ。されど、自分がいなければ干拓ができぬと申す七右衛門の言葉にも嘘があります」

隼人が言い切ると、勘右衛門がため息をついた。

「それで、大蛇に目をつけたということか」

「さようです。七右衛門が行った普請の指図は、すべて千々岩臥雲殿が書いたと聞いております。たとえ七右衛門を使おうとも、臥雲殿がおらねば黒菱沼の干拓ができるかどうか、危ういかと存じます」

「それはそうだが、臥雲がなぜ獄に投じられたか知っておるのか」

次席家老の飯沢清右衛門が嘲るように言った。

「乱酔いたし、城下の遊女屋で女を斬ったとか」

「女だけではない。遊女屋の客を斬り、使用人を斬り、果ては店を飛び出し、ただの通りがかりの者まで斬ったのだぞ」

清右衛門は苦々しげに言うと、さらに話を続けた。

「幸い、怪我は浅く、死人は出なかったものの、藩の体面を丸つぶれにいたす所業であった。あまりの乱暴ゆえ、藩としても怪我を負った者たちに金をやって口を塞ぐことでもみ潰して、ことがなかったことにしたのだ。本来なら臥雲には腹を切らせ、病で死んだことにするはずであったが、殿が臥雲の学識を惜しまれたゆえ、投獄と相なったのだ」

「さほどに酒癖が悪いのでございますか」

隼人は面白そうに訊いた。

「悪いなどというものではない。おのれを見失うだけならよいが、学識を誇り、誰かれ構わず罵倒の限りを尽くすのだ」

「ほう、それは困りますな」

隼人は薄く笑った。

「気弱な者などは酔った臥雲にからまれて失神し、気鬱の病になるとまで言われたものだ。巻きついて、ひとが気を失うまで放そうとせぬ酒飲みゆえ、大蛇と呼ばれるようになったのだ」

清右衛門は吐き捨てるように言った。

「されど、此度の普請をなしとげるためには、解き放っていただくしかありませぬ」

隼人が頭を下げると、勘右衛門は嫌な顔をした。しかし、隼人が頭を下げ続けているのを見て根負けしたように、清右衛門たちとひそひそと話を始めた。

隼人はゆっくりと頭を上げると、話が終わるのを待った。勘右衛門たちの話はおよそ半刻もかかった。

ああでもない、こうでもないと話していた勘右衛門は、ようやく隼人に顔を向けた。

「いたしかたあるまい。そなたの願いを聞いてやろう。だが、解き放つなどは論外だ。獄より出し、指図を書いて普請をなしとげるまで、そなたに身柄を預けることにいたす。もし、干拓をなしとげたならば、そのときは褒賞の代わりとして赦免いたし、獄より出してやろう」

そこでいったん言葉を切った勘右衛門は、厳しい表情で言い添えた。

「ただし、臥雲がまた乱酔して暴れるようなことがあれば、再び獄へ戻す。そして、そなたは取り締まり不行き届きによって切腹、と相なるやもしれぬ」

それでもよいか、と勘右衛門は念を押した。

「むろん、覚悟いたしております」

隼人は落ち着いて答えた。清右衛門が、

「それにしても、人食い七右衛門に大蛇の臥雲、そして鬼隼人とくれば、羽根藩内の三悪人ではないか。よくもこれだけ嫌われ者が揃ったものだ。黒菱沼の干拓がどうなるか、まこと見物だな」

と蔑むように言った。

隼人は戯言を口にした清右衛門に鋭い一瞥をくれた。

「たとえ毒でも、薬になるときもありましょう。何もせず、毒にも薬にもならぬ者よりは役に立つのではありますまいか」

隼人は言い捨てると、勘右衛門に頭を下げてから立ち上がった。

そのまま御用部屋を出ていく隼人の背筋は真っ直ぐに伸びて、いささかも迷いを感じさせなかった。

風が吹き抜ける黒光りする廊下を、隼人は静かに進んでいった。

千々岩臥雲が隼人の屋敷に護送されてきたのは、十日後の昼下がりのことだった。

臥雲は護送役人たちから玄関先に放り出されると、出迎えた隼人に挨拶をすることもなく式台にだらしなく座った。

年は四十五、六か。粗末な鼠(ねずみ)色の着物をまとい、髪は長くのばして背にたらしている。髭が伸び放題で、痩せて垢塗(あかまみ)れの体からは異臭が立ちのぼっていた。

護送役人たちは送り状を隼人に渡すと、さっさと引き揚げていった。臥雲は門から出ていく役人の後ろ姿を睨んでいたが、役人の姿が遠ざかるなり隼人を振り向き、

「おい、何はともあれ獄を出たのだ。祝いの酒を出せ」

と、いきなり横柄な口調で言った。隼人はうなずいて、

「いま、用意させよう」

と言うと、傍らに控えていたおりうに顔を向けた。それだけで、おりうは酒の膳の支度をするために立ち上がった。

臥雲は、にやりと笑っておりうに声をかけた。

「ひさしぶりの酒だ。燗(かん)はつけずともよい。冷やでかまわぬゆえ早く持ってこい」

酒が飲めるとあって元気が出たのか、臥雲はよろよろと立ち上がり、奥へ向かって歩き出そうとしたが、すぐによろけた。

隼人が素早く支えてやると、臥雲は顔を寄せてきた。凄まじい異臭が隼人の鼻をつく。

臥雲はそのままなめるように隼人の顔を見て言った。

「新参の家老だそうだな。わしは酒乱で獄に投じられたのだぞ。そのわしに酒を飲ませて、恐ろしくはないのか」

隼人は臥雲の目を静かに見返して、

「臥雲殿にはこれから命がけで働いてもらわねばならぬ。末期(まつご)の酒ゆえ、遠慮せずに飲まれるがよい。酔って暴れれば、それがしが首をはねればよいだけのこと。何ゆえ恐れることがござろうか」

「ほう、酔えば斬るか」

「いや、酔っただけでは斬らぬ。酔って暴れ、しかもこの世の役に立たぬと思えば斬る」

臥雲は、ははっと笑って、再び奥へ歩き出した。

臥雲は客間に入り込んで横になった。

隼人が傍らに座ると、おりうが酒の膳を持って入ってきた。寝そべった臥雲のそばに置き、それから隼人の前に膳を据えた。

寝ころんだ臥雲はおりうの様子を横目で見ていたが、おりうが出ていこうとすると、

――女
と声をかけた。おりうは敷居のところで振り向いて、そこへ座った。臥雲は肘枕をした格好で、おりうに言った。

「そなた、いま、わしへ先に膳を出したな。わしはいまも囚人の身の上だぞ。なぜわしに、主人より先に膳を出したのだ」

「お客様だと存じましたゆえでございます」

おりうは丁寧に答えた。

「主人の前で寝ころがる客などいると思うか」

臥雲は試すように訊いた。

「旦那様は、いまもあなた様をお客様として遇されておられます。どのようにされておられても、旦那様がお客様だと思っておられる方ならば、この家のお客様だと思います」

おりうはためらうことなく答えると、頭を下げて客間から出ていった。臥雲は居心地悪そうに起き上がった。

「主人も主人なら、女中も女中だな」

臥雲が言うと、隼人は自らの杯に銚子で酒を注ぎながら、

「あの者は女中ではない。白金屋という商人の女房でござる。主人の言いつけで、わたしの身の回りの世話をしてくれております」

「ほう。なかなか美しい女だと思うたが、生身の賄賂というわけか。新参の家老殿は隅におけぬな」

臥雲が嘲ると、隼人は杯を口に運んでから鼻で笑った。臥雲の目がぎらりと光った。

「何を嗤う」

返答次第では容赦しないという気構えで、臥雲は隼人を睨み据えた。

「いや、大蛇とまで言われた嫌われ者が、随分と当たり前の嫌味を口にすると思った

のでござる」

「なに――」

「わたしも嫌われ者だからわかるが、ひとに誇られる者にはおのれなりの物の考え方がある。世間と同じ物差しで測ろうとは思わぬものではあるまいか。しかし、いま臥雲殿が言うたことは、世間の誰もが思うことだ。噂とは違い、随分まともな御仁だと感じ入った」

「それは皮肉か？」

臥雲は、にやりとしながら訊いた。

「いかにも皮肉かもしれませぬ。だが、わたしは、ひととは違う道を歩むひねくれ者でなくては黒菱沼の干拓はできぬと思っている」

隼人はまた杯をぐいとあおった。臥雲は、じっと隼人を見つめた。

「それゆえ佐野七右衛門などと組むことにしたのか。あれは悪人だぞ。おのれの損得しか頭にない」

「また当たり前のことを言う。どうやら臥雲殿には、獄に戻っていただいた方がよさそうだな」

隼人が軽んじたように言うと、臥雲はかっかと笑った。

「どうやらわしを使う器量はあるようだ。しかし、わしがまた酒を飲んで暴れれば、腹を切らねばならぬそうではないか」

「そのときは斬る。しかし、臥雲殿は、十年の幽閉のあいだに酒がいらぬ体になったのではないか」

隼人は微笑して言った。

「ほう、どうしてそう思う」

臥雲は首をかしげた。

「わたしが先ほどから酒を飲んでいるのに、一度も喉を鳴らさず、欲しそうな様子も見せなかった。何より、自分の膳の杯に一度も目をくれなかった。もはや、酒はいらぬ証拠であろう」

臥雲はうれしげに目を光らせると、

「よく見ておるものよ。もともと酒など好きではなかった。世の中が嫌になって乱酔してやったまでのことだ。いまさら飲んでもしかたがない」

臥雲は何かを思い出すように言った。隼人は、そんな臥雲をうかがうように見つめた。

「それは、少しは世の中が嫌ではなくなったということですかな」

「いや、いまでも嫌であることに変わりはない」

　臥雲は立ち上がって縁側に出ると、庭を眺め渡しながら口を開いた。

「獄舎に入っておると、少しばかりひとの心が見えるようになってくるものでな。世の中にはわしよりももっと世を嫌いながら、なおも世のために働こうとしている物好きがいるようだ。その物好きがなぜそうなり、何をなそうといたしておるのかを知りたくなったのだ」

「世を嫌いながら世のために働く物好きとは、わたしのことでござるか」

　隼人は口辺(こうへん)に皮肉な笑みを浮かべた。

「ほかにおるとでも申すのか。あるいは、佐野七右衛門もそうかもしれぬが」

　臥雲は中庭に目を遣った。庭木の間ですすきの穂が揺れている。隼人はまた杯を取って、臥雲の背に声をかけた。

「ひとは他人を語るときに、おのれを語るもののようだ。臥雲殿こそ、世を嫌いながら世のために働きたいと思うているのではござらぬかな」

　臥雲は振り向かずに答えた。

「なるほど。鬼隼人とは、ひとが言うように嫌な男だ」

「それでこそ、鬼でござろう」

隼人は杯をあおった。あたかも臥雲との結盟の杯のようだった。

十

白金屋太吉は博多の播磨屋の店先に立っていた。羽根城下から旅姿で博多の宿に着くと、さっそく着替え、羽織を着て出てきたのだ。

太吉は暖簾(のれん)をくぐる前に、大きく息を吸ってから土間に入った。客はおらず、がらんとした空間に、

「いらっしゃいませ」

という手代の元気のない声が響いた。

その様が、この店の商いが傾いて久しいことを物語っていた。かつての隆盛を聞いたことのある太吉は驚きを呑み込み、手代に笑顔を作って言った。

「羽根から参った白金屋太吉と申します。突然にうかがい失礼とは存じましたが、どうしても播磨屋様にお会いしたく、まかり越しました」

「旦那様に?」

若い手代は首をひねったが、その様子は、格式の高さゆえ初めての客に会わぬとい

うことではなく、主人が奥にいるだろうかとただ考える風だった。旦那様は、と手代が傍らの女中に訊くと、

「先ほどは奥で、浄瑠璃本をお読みのようでしたが」

と無表情に答えた。

「またか」

手代はつぶやくと、ちょっと旦那様にうかがって参りますと言い置いて、奥へ入っていった。待つほどもなく戻ってきた手代は、

「お会いになるそうで」

とあっさり言った。落魄したとはいえ播磨屋の主人に会うのは今日は無理だろう、と太吉は思っていた。しかし予想は裏切られ、そのまま奥へ案内された。

太吉が奥座敷の前の廊下で跪くと、座敷の真ん中に座って浄瑠璃本を手にしていた男が顔を上げた。

年は五十過ぎか、小柄で袖なし羽織を着て、鼻眼鏡をかけている。

白髪交じりの小さな髷を結った顔は、額が広く鼻は尖り、あごの先が細い。この男が播磨屋の主人、弥右衛門かと、太吉はいつもの癖で値踏みしていた。

繁盛している商家は、主人が常に油断なく働いている。盆栽いじりや茶会をしてい

るようでも、頭の中は商売のことでいっぱいで、いつも儲けを逃さないように目を光らせているものだ。

しかし、弥右衛門にはそんな気配はない。投げやりで、浮世離れした様子さえうかがえる。太吉に目は向けたものの、さして関心がない様子で、

――お茶
と、太吉を案内してきた女中に短く言った。客に茶を出すようにという指図ではなく、ただ喉が渇いたからと見受けられた。

太吉は弥右衛門の前に座ると、額が畳につくほど低く頭を下げて挨拶した。弥右衛門は、

「わたしが播磨屋弥右衛門です。きょうは何用があって参られたので」

という言葉とは裏腹に、まったく気のない様子で返事をした。それを見て、太吉は無駄な世間話はせずに、

「きょうは羽根藩領内で、播磨屋様がお持ちの土地のことでうかがいました」

と懐から絵図を取り出した。

土地の話と聞いて弥右衛門の目にわずかに光が灯ったのを見て、太吉は絵図を広げながら口を開いた。

「黒菱沼の北側の百町歩、ここは播磨屋様の土地でございますな」

「わたしの家は代々、羽根藩の土地を買い漁ってきた。ところが先代が大名貸しを踏み倒されて店が傾くと、せっかく買った土地もあっという間に人手に渡った。いま残っているのは、どうしようもない土地だけのはずです」

そう言いながら、弥右衛門は鼻眼鏡をかけなおして絵図に見入った。

「黒菱沼の周囲は入会地ですが、そこから北側の土地は荒れるまま、今日にいたるも田畑も作られずにおります」

太吉は絵図を指差して説明した。弥右衛門は首をひねった。

「なぜ、いままで放っておいたのかな」

「黒菱沼一帯の土地には、海水が染みて塩気があります。このため、田畑には向かないと思われてきたからでしょう」

「それが変わる、と申されるのですかな」

弥右衛門は、じろりと太吉の顔に目を向けて見据えた。

初めて商人の顔を覗かせた弥右衛門に一瞬たじろぎそうになったが、拳を握り締め、太吉は真っ直ぐに見返した。

「わたしは商人ですが、騙して話をまとめるようなやり方は好みません。はっきり申し上げましょう。いま羽根藩では、黒菱沼の干拓をお考えなのです」

「ほう、そうなれば、わたしが持っている土地も田畑になる、というのですな」

「さようです。土地の質が変わりますし、水利もよくなるはずですから」

「それはよいことを報せてくださった。干拓が終わるのを楽しみに待つことにいたしましょう」

弥右衛門は童のような笑みを浮かべて言った。

「さて、そこなのです」

太吉は膝を乗り出した。弥右衛門は、うかがうように太吉を見るだけで口を閉ざしている。

「その土地を、このわたしにお譲りいただけないかと思うのです」

「いくらで」

弥右衛門は間髪を容れずに訊いた。太吉は懐から紙包みを取り出して、弥右衛門の膝前に置いた。

「銀子で二十両ございます。これで、お譲りください」

弥右衛門は、何を考えているのか判断のつかぬ目をして言った。

「ほう、たったの二十両。これだけの土地なら、その三倍か四倍の値になるのでは」

「それは、本当に田畑になったらの話です。いまはただの荒れ地に過ぎません。そう考えると、二十両は高すぎる。五両ほどが適当かと、わたしは踏んでいます」

　太吉は平然と答えた。

「ふむ。しかし、いま黒菱沼の干拓が行われると言ったのはあなたではないか。そうなれば、いまの荒れ地が田畑になると。それを二十両で売れと」

　弥右衛門は揶揄（やゆ）するように言った。それに対し、太吉は、にやりと笑って言葉を継いだ。

「それは、干拓がうまくいった暁には、という話です。まず、普請には短くても二、三年はかかります。それから土地の改良に少なくとも二年。うまくいっても田畑として使えるようになるのは五年後ぐらいでしょうか。確かにそうなるのを楽しみに待つのもひとつの道ですが、普請が無事に終わるとは限らないのです」

「ほう」

　弥右衛門は訝しげな目をした。

「もともと何度も失敗をしてきた難しい普請であるうえ、此度の普請の采配（さいはい）を振るのは、鬼隼人の異名がある新任ご家老の多聞隼人様です。ご家中には多聞様を快く思わぬ方も大勢おられますし、干拓に駆り出される百姓衆も多聞様を恨んでいる。とてもすんなりとはいかぬと存じます」

　太吉は硬い笑みを浮かべた。

　弥右衛門は再び訝しげに太吉の顔を見た。

「それなら、なぜ、あなたは土地まで買って、その家老を先物買いしようというのです。まっとうな商人は手堅く利を追うものでしょう」

「わたしもそう思います。しかし、羽根城下ではわたしは新参者で、たいがいの儲け口はほかの商人に握られています。つまり、わたしが商いという戦に勝つためには、多聞様に懸けるしかない、そういうことなのです」

「のるかそるか、か。そのために黒菱沼近くの土地も買おうというのですか」

「そうです。言うなれば、わたしと多聞様とは一蓮托生。その覚悟を示すためにもあの土地が要るのです」

　弥右衛門は、ふむとうなずいて続けた。

「多聞隼人様というお方は、あなたが人生を懸けたくなるほどに、できるおひとですか」

「はい。わたしはそう信じております」

　太吉はきっぱりと言い切った。

すでにおりうを隼人の屋敷に住み込みで働かせるようになっていた。

隼人に取り入るために女房を女中奉公に上げたようなものだが、あるいはおりうを妾に差し出したと思われてもおかしくないことは、太吉にも十分わかっていた。

隼人は奉公人の女に手を出したりはしないと太吉は見ていた。

仮にそんなことになってもいいではないか。実のところ、太吉にもそこまでの肚はなかった。もし、隼人がおりうをわが物にしたいと言い出したら、商売を擲(なげう)って、おりうを取り戻そうとするかもしれない。

そう思いつつも、利用できるものはすべて利用するのが商人だと思っている太吉は、歯を食いしばる思いでおりうを隼人のもとに差し出していた。

「なるほど、商人として性根が据わったおひとだ」

弥右衛門はひやかすように言った。太吉は表情を変えずに、弥右衛門を睨むように見た。

「土地を売ること、ご承諾(しょうだく)いただけませぬか」

「わかりました。落ちぶれたとはいえ、わたしも播磨屋の主です。あなたの心意気を買いましょう」

はぐらかすように笑みを浮かべた弥右衛門は手を叩いて手代を呼ぶと、羽根藩領内の土地の証文を持ってくるように命じた。

指示が出ると、手代はすぐに蔵まで行って証文が入った木箱を持ってきた。

手代が部屋から退がると、弥右衛門は木箱の蓋を開けて中から証文の束を取り出し、ゆっくりと黒菱沼北側の土地の証文を探し始めた。

太吉は証文の束を見て、ごくりと生唾を飲み込んだ。

「さすがは播磨屋さん、まだそんなにお持ちなのですか」

「なに、どれもこれも山地や荒れ放題の土地ばかりで、たいした金にはなりません。先祖が買ったものではありますが、よくこんな土地までと思いますよ」

弥右衛門は何気なく言うと、見つけ出した証文を太吉の前に置いた。さらに文机に向かって硯で墨をゆっくりとすり、筆をとって、さらさらと売り渡し証文を認めた。

「これでよろしいですかな」

弥右衛門はすました顔で証文を太吉に渡した。太吉は証文の内容を確かめてから、畳んで懐に入れ、

「お納めください」

と銀子の紙包みを弥右衛門の前に押しやった。

弥右衛門は、ちらりと紙包みを見ただけで中をあらためようとはせず、微笑を浮か

べて口を開いた。

「しかし、白金屋さんはなかなか目端の利いたお方だ。ひょっとすると、わたしが羽根藩領内に持っている土地も生かせるようにしていただけるかもしれませんな」

弥右衛門の誘うような言葉に、太吉は思わず膝を乗り出した。

「そのときには、お持ちの土地をすべてわたしに売っていただけますか」

「もちろんです。ただし、そのおりは、もう少し値段に色をつけてほしいですがな」

弥右衛門は、かっかと笑った。太吉は愛想笑いを浮かべながら、目は土地の証文がぎっしり入った木箱へと注がれていた。

弥右衛門は、そんな太吉をじっと見つめていた。

太吉が証文を懐に帰った後、手代が証文の木箱を蔵へ戻すために弥右衛門の居室に来た。そして木箱を手に、眉をひそめて、

「旦那様、播磨屋伝来の土地を、あのような者にお売りになってよろしかったのでございますか」

と訊いた。弥右衛門は煙草盆を引き寄せて、煙管に煙草を詰めながら、

「なに、おのれがひとより賢いと思っている輩ほど隙があるものだ。わしは餌をま

いてやったのだ」

「餌、でございますか」

日頃になくしたたかな物言いをする主人に驚いて、手代は目を瞠った。

「あの男は、わしがほかにも多くの土地を持っていることを知った。今度はそれを手に入れようと、これまで以上に励み、無理も重ね始めるだろう。そこが付け目だ」

傾いた家業を引き継いで以来、うつけのごとく生きてきた。弥右衛門は、いま初めて眼前に御馳走（ごちそう）が置かれたと思った。

「何倍にも太らせたうえで、あの男を店ごと食ってやろうというのだ。幸い、羽根藩筆頭家老の塩谷勘右衛門様には銀子をご用立てしたままになっている。そのおりがくれば、どうとでもなるだろう」

弥右衛門はそう言うと煙草を吸いつけ、煙管を手に一服した。手代が木箱を持って退がりひとりきりになると、弥右衛門は煙管を灰吹きでぽんと打って灰を落とした。考えがまとまったらしく、

「あの男を太らせるには、まず頼りにしている多聞隼人という家老を使うことだな。新参者で敵も多いとなれば、これ以上なくあの男を太らせた暁には、もろともに、か」

弥右衛門はなおも考えをめぐらせた後、ふとつぶやいた。

「白金屋さん、あんたはこれ以上ない退屈しのぎをわたしにくれましたな」

弥右衛門はおかしげに、くっくっと笑って、ひとりになっても再び浄瑠璃本に手を伸ばすことはなかった。

十一

この日、おりうは欅屋敷に善太と幸を連れていった。

楓からふたりを連れてきてもいいと言われたときはすぐにもと思ったが、村を出るには村役人に届け出ねばならず、母親が子供たちと別れるのを寂しがったこともあり、思いがけず日が過ぎていた。

楓は善太と幸を迎えて微笑んだ。

「新しい仲間が増えれば、皆も喜ぶでしょう」

そう言った楓は、さっそく子供たちが手習いをしている部屋にふたりを連れていき、

「きょうから皆と暮らす、善太と幸という兄妹です。仲良くしてくださいね」

と告げた。

女の子たちからは歓迎の声があがったが、男の子たちはしんと静まり返って善太を見つめた。値踏みするような目だった。やがて、子供たちの中から大柄の勘太が立ち上がり、善太に向かって口を開いた。

「ちび助、仲良くしてやるけん」

次の瞬間、善太は勘太に向かって突進した。楓が止めようとしたときには勘太のあごに頭突きを入れ、ひっくり返していた。

「ちびじゃないっちゃ」

唇から血を流して倒れている勘太を見下ろして、善太は不敵に笑った。

すると部屋の隅で柱に背をもたれるようにして座っていた助松が、むくりと立ち上がった。おもむろに善太に近寄ると、いきなり頰を張った。善太が頰に手をやって睨むと、助松は馬鹿にしたように笑って言った。

「蚊がとまっていたから、とってやったちゃ」

助松が言い終わらないうちに、今度は善太が助松の頰をぴしゃりと平手で叩いた。叩かれて頰が赤くなった助松が、

「こいつ」

と怒鳴ってつかみかかり、ふたりは取っ組み合いになった。
「やめなさい」
楓が叱ったが、おりうとともに力ずくで引き離すまで、ふたりは殴ったりかみつい
たりをやめなかった。それを見て幸が泣き出したのをきっかけに、ほかの女の子たち
もつられるように泣き出して大騒ぎになった。
それでも、喧嘩騒ぎの熱気がおさまるころには、善太と幸もずっと昔からここにい
たかのように、他の子供たちと声をかけ合い、笑顔で遊ぶようになっていた。
楓とおりうは子供たちが落ち着いたのを見て、苦笑しながらうなずき合った。
部屋に戻ったおりうは、ほっとした表情であらためて挨拶した。
「ふたりを、どうかよろしくお願いいたします」
楓はうなずいてから、ふと思い出したかのように訊いた。
「多聞様は近頃お見えになりませぬが、やはり黒菱沼の干拓でお忙しいのでしょう
か」
楓の声音に寂しさがあるのを感じ取りながらおりうは答えた。
「はい。先頃、黒菱沼のそばに普請小屋を建てられたそうで、近くそこに泊まり込

み、十日ほどかけて普請の指図を書かれるのだそうです」

「まあ、多聞様が指図を書かれるのですか?」

楓は目を見開いた。

「いえ、実際に指図を書かれるのは千々岩臥雲様と言われるお方です。臥雲様は永年、牢獄に入っておられたそうで、このひと月ほど多聞様のお屋敷で静養しておられました」

「では、その方とおふたりで行かれるのですか」

「いえ、食事など身の回りを世話されるお供が付きますが、おふたりの他に佐野七右衛門様も来られるそうです」

「佐野様は、干拓の普請を何度も成功させてこられたのでしたね」

「はい。ですが、恐ろしいあだ名が――」

おりうは眉を曇らせて言った。

「人食いというのでしょう」

楓は笑みを浮かべて言った。おりうはうなずいて、さらに言葉を続けた。

「臥雲様はひどい酒乱で、大蛇というあだ名だそうでございます」

「まあ。多聞様は、よりによってそんな方たちとともに仕事をされるのですか」

楓は呆れた顔になった。

「はい。おふたりともひとに憎まれておられるようで、さような方々とともにおられることが案じられます」

心配げに言うおりうの顔を、楓はやさしく見つめた。

「多聞様も鬼と呼ばれる身の上。それでも、やはりあなたは多聞様のことが心配なのですね」

楓の言葉に、おりうは戸惑いつつ答えた。

「夫のためとは申せ、わたしは多聞様にお仕えしている身でございますから」

「仕えているからと言って、皆が皆、主人のことを案じるわけではありません。中には主人の不幸をひそかに喜ぶような者もいるでしょう」

「さようなものでしょうか」

おりうは首をかしげた。

「昔、夫が申しておりました。世の中には忠義の皮をかぶった不忠の臣がまことに多いと。それに比べれば、ひとに憎まれ評判の悪いひとたちは、おのれを偽（いつわ）っていないだけましなのではないでしょうか」

楓の夫とはどのようなひとなのだろう。訊くわけにはいかず、おりうが口を閉ざしているど、楓は夫という言葉を口にしたことを恥じるかのように庭に目を転じた。

おりうは、ふと、隼人の屋敷に住み込みで働いていることを楓に話したくなった。楓なら、隼人がどういう人柄なのか、よく知っているのではないかと思ったからだ。

「わたしはいま、多聞様のお屋敷で、住み込みで女中をいたしております」

おりうが言うと、楓はちょっと驚いた表情になったが、すぐに落ち着いた声で言った。

「その方が、多聞様のお世話が行き届きましょうほどに、よろしいではありませんか」

「さようでしょうか。わたしには白金屋太吉という夫がおります。住み込みで多聞様にお仕えすることが、世間の目にはどう映るのかと気にかかるのです」

こんなことを楓に話すつもりはなかったのに――。おりうの声はしだいに小さくなっていった。

「おりうさんは、多聞様のおそば近くにお仕えするのがお嫌ですか」

楓はさりげなく訊いた。おりうは頭を横に振った。

「いえ、さようなことはございません。わたしもお仕えするまではわかりませんでしたが、多聞様は世間が言うような鬼ではございません」

「鬼でなければ何なのでしょうか」

楓はおりうの目を見て訊いた。何となく恥ずかしくなったが、おりうは楓に嘘を言う気にはなれなかった。

「本当は、おやさしい方だと思います。そして、どこか悲しい方だと思いました」

「悲しいひとだと、あなたには思えるのですね」

確かめるように楓は訊いた。おりうが素直に、はい、と答えると、楓はまた庭に目を遣った。

「おりうさんは、多聞様の悲しさをお慰めできればと思われたのかもしれませんね」

楓の言葉においりうは目を瞠った。

「いいえ、わたしは決してそのような――」

違うのです、とさらに言い募ろうとしたおりうは、庭を見つめる楓の横顔に悲しみの色が浮かんでいるのを見て、はっとした。

おりうは何も言えずに楓を見つめ続けた。秋の陽射しが庭の欅の影を地面に長々と落としていた。

同じころ、白木立斎の屋敷の、日頃塾生に講義を行っている座敷に、玄鬼坊ら六人の修験者が来ていた。

朝から晴れ渡っていた空には、夏を思わせるような大きな入道雲が湧いてきていた。

隼人を糾弾（きゅうだん）する建白書を出して閉門となった立斎は、塾生への講義は禁じられたが、門人が訪ねてくることは目こぼしされていた。

玄鬼坊は黒菱沼に普請小屋が出来たことを告げ、

「もはや見過ごしにはできませぬ。すでに近隣の百姓たちは、黒菱沼で普請が始まることを不安に思っております。ろくな賃銀ももらえずに働かされて田畑がおろそかになれば、年貢が納められず苦しむことになるのは目に見えておりますからな。何とかせねばなりませぬ」

と怒気を抑えて続けた。玄鬼坊が見てきたところ、出来上がった普請小屋はまだ一棟だけだが、さらに何棟かの小屋が建てられつつあるという。

「あたかも、砦（とりで）を構えんとするかのごとき勢いで建てられておりますぞ」

玄鬼坊の説明に、立斎は目を閉じて悲嘆した。

「まさに鬼隼人だな。民の苦しみを何と思っておるのか」

立斎の嘆きに呼応して、修験者たちは口々に、

「断じて許せぬ」

「百姓衆のため、多聞に天誅を加えねばなりませんぞ」

「われらが立ち上がるときです」

と言い募った。立斎は目を見開いて修験者たちを見回した。

「多聞隼人が黒菱沼干拓の普請を強行すれば、おそらく百姓一揆が起きるであろう。そうなれば、御家はお取りつぶしになるやもしれぬ。かかる不忠の行いを見過ごしてはならん」

立斎の激しい言葉に修験者たちは聞き入った。立斎はさらに言葉を継いだ。

「しかし、多聞隼人はいまや家老。表立って誅しては、これも家中に騒動ありとして幕府からお咎めを受ける」

玄鬼坊が圧し殺した声で言った。

「つまりは、すべてを闇の中で、ということでござるな」

「うむ、それしか道はないようじゃ」

立斎は声をひそめて言った。

「かしこまってございます」

玄鬼坊は膝に手を置いて頭を下げた。立斎は鋭い目を玄鬼坊に向けた。

「できるか」

「われらには、〈印地打(いんじう)ち〉がございますれば」

玄鬼坊は顔を伏せたまま答えた。〈印地打ち〉とは、投石による攻撃である。

「飛礫(つぶて)で目指す相手を殺せば刀傷とは違い、あとで転倒して石で頭を打ったように見せかけることもでき申す」

玄鬼坊はふてぶてしく話した。

「それはよい」

立斎が満足げにうなずくと、修験者のひとりが、

「普請小屋には千々岩臥雲もともに参るらしゅうございます。臥雲はいかがいたしましょうか」

と訊いた。とたんに、立斎は苦々しげな顔になった。

「あ奴が――」

玄鬼坊が薄く嗤った。

「臥雲は学識を鼻にかけ、ひとを謗ってやまず、そのうえ刃傷(にんじょう)沙汰まで起こして投獄された男。多聞隼人の道連れにいたしても惜しい人物ではございますまい」

玄鬼坊の言葉を聞いていても、立斎はなおもためらっていたが、やがて思い切ったよう

に口を開いた。

「あの男にはそれなりに才があるゆえもったいなくもあるが、多聞隼人とともにいるのであれば是非もあるまい」

立斎はきっぱりと言った後で、さらに付け加えた。

「あ奴はわしにも悪罵を放ったことがあった」

玄鬼坊は片方の眉を上げ、怪訝な顔をして訊いた。

「臥雲が先生に——」

「うむ。わしのことを耳に心地よい正義を振り回すだけの、無定見の者だと言いおった」

なんと、それは許せぬ、と修験者たちは殺気立った。立斎は手を上げて制しながら話した。

「学者同士のことだ。いかような非難も一応は聞くべきだと思うておる。しかし此度、わしは藩に仇なす多聞隼人を除こうとしておるが、臥雲は助けようとしておる。どちらに見識がないか、この一事をとってみてもわかるというものだ」

立斎は傲然と嘯いた。おりから稲光が空を走ったかと思うと、沛然として雨が降り出した。

玄鬼坊はしだいに雨脚が強くなる中庭を見ながら、

「黒菱沼をつぶそうとする者に、龍神もお怒りなのでござろう」

とつぶやいた。

雷鳴が響き渡った。

十二

十日後――。

隼人は臥雲とともに、家士の古村庄助だけを供にして黒菱沼の普請小屋に向かった。庄助は十日分の米など食糧を葛籠に入れて背負っている。

臥雲は歩きながら庄助の葛籠に目を遣って、

「十日も普請小屋に籠もろうというのに、食糧がたったあれだけとは、まるで戦の兵糧だな。一国の家老たる者の格式としていかがなものかと、家中の者たちから謗られるのではないか」

「質素倹約に努めておる者を謗る方が間違っております。それに、黒菱沼はわれらにとって戦場になる。戦支度は当たり前でござる」

「ひとからは酔狂だと思われるだけであろうがな」

暑がりなのか、臥雲は扇子で顔をあおぎつつ、からからと笑った。

昼過ぎになって、普請小屋に着いた隼人は目を瞠った。

すでに佐野七右衛門が着いていたのだ。しかも下男や下働きの女などを五、六人連れてきていた。

「七右衛門殿、はや来ておられたのか」

隼人が声をかけると、七右衛門は振り向いてにこりとした。

「これがわたくしのやり方でござれば。疾きこと風のごとくでなければ、物事は進みませぬ」

そう言いながら、七右衛門は下男たちを叱咤して、石を組んだ土台の上に大釜を据えさせている。どうやら五右衛門風呂を作るつもりらしい。

臥雲は嬉しげに声を上げた。

「おお、風呂があるとはありがたい。どうやらご家老様は、風呂なしで十日を過ごすつもりでおられたようでな」

「おおかた、そんなことでござろうと思いまして、下男どもに釜を担がせて参りました。多聞様、ひとというものは、一日の疲れを風呂でとらねばいい思案も浮かびませぬ。そうなると、できることもできぬようになってしまうものでしてな」

「さようかもしれませんな」

隼人はあっさり認めると、普請小屋のまわりを見てまわった。さすがに普請に慣れた七右衛門は、すでに厠や炊事場なども急ごしらえながら作っていた。普請小屋の真ん中には囲炉裏もあった。

忙しげに働く下男や下働きの女たちを見ても、七右衛門がひとを動かすことに長けていることが見てとれた。

臥雲は手拭で首筋をぬぐいながらあたりを見回している。どのような指図を書くか、すでに考え始めているのだろう。

「小屋にて、これからのことを話し合いたい」

隼人はふたりに声をかけて小屋に入っていった。小屋の中は板敷になっており、茣蓙が敷かれている。

隼人が座ると、その前に七右衛門が座り、臥雲は傍らに寝そべった。七右衛門はそんな臥雲の様子にも慣れているらしく、驚いた様子も見せず、

「これからのお話の前に、いささかお耳に入れておきたいことがございます」

と真面目な表情になって言った。

「聞きましょう」

隼人が短く答えると、七右衛門は声をひそめた。

「思いのほか早く、近隣の百姓たちに黒菱沼干拓の普請のことが伝わり、しかも評判が悪いようです。ただ働きをさせられ、逃げれば牢屋に入れられる。普請に駆り出されたが最後、親子夫婦は水杯（みずさかずき）を交わして出ねばならないなどと噂になっております」

「誰かがわざと噂を広めた、ということですな」

「おそらく――、しかし普請が始まれば、その通りになるやもしれません。そのおりに心配なのは、一揆でございます」

七右衛門は、ちらりと臥雲を見た。臥雲は素知らぬ顔で天井を見上げ、扇子を動かしている。七右衛門は話を継いだ。

「普請の成り行きしだいでは一揆を起こすかもしれぬという回状が、すでに村々を回っているようでございます」

すでに一揆の下相談が始まっていると聞いて、さすがに隼人は緊張した。

「いずれはそういうことになるやもと思わぬでもなかったが、あまりに早い」

七右衛門は、にやりと笑った。

「これも、一揆を起こさせようとあおる者がおるからでございます」

七右衛門の言葉に、臥雲がむくりと起きあがった。

「一揆を起こせば首謀者は死罪だぞ。それなのに一揆をあおるというのか」

「あおる者は死にはしませぬゆえ。たとえばお城の中にいて、一揆が起きた責めを負ってご重役が失脚すれば、その後釜を狙おうと考えているようなお方かもしれませぬ」

平然と七右衛門は言ってのけた。臥雲はにやにやと笑った。

「なるほど。さしずめ成り上がりのご家老などは、真っ先に狙われそうだな」

隼人は腕を組んで考え込んだ。

「わたしを陥(おとしい)れようというのはわかるが、そうたやすく一揆を煽動(せんどう)されてはかないませぬな。一揆が起きれば、場合によっては藩がお取りつぶしになるやもしれぬ。百姓たちも何人、磔(はりつけ)になるかわからぬ」

七右衛門は、じっと隼人を見据えた。

「それがお嫌なら、このまま尻尾(しっぽ)を巻いてお逃げになることですな。そうすれば何事も起こらず、何も変わりません」

隼人はにこりと笑った。

「そう言われて、引き下がるわたしだと思われるか」

七右衛門は頭を横に振った。

「いえ、まわりの迷惑など顧みない、頑固者の鬼隼人様なら退きはしないだろうと存じております」

「ならば、これからは無駄なことは申されるな。われらは前に進むのみだ」

隼人が言い切ると、臥雲が言葉をはさんだ。

「たとえ死人の山を築くことになっても、か」

隼人は、ぽんと自分の腹を叩いた。

「ひとは死なせぬ。ひとりでも死人が出たら、わたしは腹を切る」

七右衛門と臥雲は目を見交わしてうなずき合った。七右衛門が手をついて言った。

「お覚悟、承ってございます。わたしは庄屋、臥雲殿は学者ゆえ、死ぬのは得手ではございません。さればともに死ぬなどとは申せませぬが、多聞様が息を引き取られるまで、おそばを離れぬことだけはお約束いたしまする。万一のおりは、多聞様のお骨はわれらが拾って差し上げます」

「それはありがたい。腹を切るとき、寂しい思いをせずにすみそうですな」

隼人は、からりと笑った。

この夜、夕餉のときになって隼人と臥雲は目を剝いた。

ふたりは庄助が支度した粗末な夕食だったが、七右衛門は重箱を取り出し、ぜいたくな御馳走をひとりで食べ出したのだ。しかも囲炉裏にかけた鉄瓶で湯を沸かして、濃茶を淹れたが、隼人と臥雲に勧める気配はなかった。重箱の御馳走をひと通り平らげてから、酒器を傾けて酒を飲んだ。

「なるほど、人食いとはよく言ったものですな」

隼人が呆れて言うと、七右衛門が杯を持った手を止めた。

「多聞様はひとが貧しい食事をしているとき、ひとりだけ御馳走を食べてうまいと思われますか」

「いや、わたしならうまいとは思いませんな」

「わたしも同じでございます。最前からひとりで食べておっても、決してうまくはございません」

七右衛門が言うと、今度は臥雲が、そうは思えなかったがな、とつぶやいた。七右衛門はそれに構わず、

「ひとは皆、まことはそうなのではございますまいか。うまいものを皆で食い、笑い

合ってこそ、味が楽しめ、幸せな気持になれるのでございます」

と思い入れたっぷりに言った。

「ならば、重箱の馳走を皆に分ければよいではござらぬか」

隼人が笑いながら言うと、七右衛門は酔ったように頭を横に振った。

「いえ、わたしはひとりで御馳走を食べながら考えておるのでございます」

「何をでござる」

隼人が興味深げに問うと、七右衛門は大きく吐息をついた。

「ひとりだけうまいものを食ってもうまくはないはずでございますが、実は世の中はその逆で、ひとりだけうまいものを食っている金持がたんとおります。その者たちはなぜ、うまいと思えるのでしょうか」

「さて、なぜでしょうな」

七右衛門が言わんとしていることがわかったが、隼人はわざと答えをはぐらかした。

「貧しいものを食っている者の姿が、うまいものを独り占めしている者たちには見えないからでございます。だからうまいと思えるのでしょうな」

臥雲が、からからと笑って言った。

「先ほどのおぬし、そのままではないか」

七右衛門は杯の酒を飲み干した。

「さようです。しかし、わたしは庄屋の家にこそ生まれましたが、幼いころに父親が病で亡くなり、家は破産いたしました。一家離散して、わたしは親戚の家をたらいまわしにされて育ったのです。長じて佐野家の手代となり、見込まれて婿に入りました。それゆえ、わたしには貧しい者の姿が見えるのでございますよ」

臥雲が、くっくっと笑った。

「それで、干拓の普請をいくつもやってきたというわけだな。皆がうまいものを食えるようにならないと、おのれが食う飯がまずいからな」

「さようです」

七右衛門はため息をついて、さて、食って飲みましたから、あとは寝るだけですな、とつぶやいた。

隼人に頭を下げて七右衛門が布団に潜り込むと、臥雲が低い声で言った。

「わしは七右衛門とは古い付き合いだからわかるが、いまのは本音であり、嘘でもある。ひとはおのれを偽って生きるものだからな。皆のために為したはずの干拓なのに、手間賃を払わず、おのれだけが裕福となっておる。七右衛門も、本当のおのれがわからぬのかもしれぬ」

隼人は臥雲を見つめた。

「ならば臥雲殿はどうなのだ」

「さて、わしもわからぬが、ひとは善人にも悪人にもなりきれぬものだ、ということだけはわかっておる」

「どうも、難しいおひとだ」

隼人がつぶやくと、臥雲は目を逸らした。

「それは、おぬしの方であろう。わしも七右衛門も、おぬしという男がよくわからぬまま引きずられていくことになりそうだ」

隼人は何も答えない。

夜はしだいに更けていった。


翌日――。

朝から隼人と臥雲は黒菱沼の周囲を歩きまわった。庄助が供をしている。七右衛門は下男たちを指図して普請小屋の造作（ぞうさく）を続けている。

黒菱沼の周囲はどこも湿地で、歩くほどに足元がぬかるみ、泥だらけになっていっ

た。沼の北側に回ったとき、臥雲は足を止め、あたりを眺めて、

「なるほど、あの男の言った通りだ」

とつぶやいた。後ろからついてきた隼人が臥雲の言葉を聞きとがめた。

「あの男とは誰のことでござる」

「おぬしの屋敷に出入りしている白金屋太吉だ」

「太吉が何を申しましたか」

隼人は眉をひそめて訊いた。

「黒菱沼の北側に百町歩ほどの荒れ地がある。干拓がなればその荒れ地も田畑に変わるでしょうか、と訊いてきたので、もしそんな土地があるなら田畑になるだろうと答えてやったのだ」

「なるほど、このあたりの荒れ地がそれだというわけでござるな」

隼人はまわりを見回した。

茅が生い茂ってよく見渡せないが、荒れ地が続いているのは確かだ。黒菱沼の干拓がうまくいけば、このあたりも恩恵を被ることになるだろう。

「太吉め、一度、黒菱沼に来ておりましたが、そのおりに、このあたりの土地を見ておったのですな」

さすがに商人は目の付けどころが違う、と隼人は感心した。臥雲は茅をかきわけて歩きながら、

「しかし、あの男は気になることを言っておったぞ」

「ほう、どんなことを」

「このあたりは、播磨屋の土地だと——」

「なんですと」

隼人は息を吞んだ。

黒菱沼の干拓にあたって周辺についても調べていたが、この一角の地主が播磨屋だとは気づかなかった。

「やはり知らなかったか。あの男は新参者の商人ゆえ昔の播磨屋を知らぬかもしれぬが、いまは傾いて昔のような力がないにしても、代々藩の重役と結びついてきた商人だ。その播磨屋が関わってくるとなると、いずれ面倒なことになるやもしれぬ」

臥雲に言われて隼人はその通りだと思った。

播磨屋は羽根藩にとって魑魅魍魎(ちみもうりょう)のような商人だ。太吉がうかつにさわれば、どんな動きを始めるかわからない。

隼人が不吉な思いを抱いて歩いていると、ふたたび臥雲は足を止めた。

「どうされた」

隼人が問いかけると、臥雲はあたりを見回した。

「茅が茂り、しかも身を伏せて隠れやすい場所だ。兵学ではかような地に伏兵を置けと説いておる」

臥雲殿は兵学にも詳しいのか、と隼人が笑いかけようとしたとき、空気を切り裂く音がして何かが飛んできた。

「危ない――」

とっさに隼人は臥雲を突き飛ばして、自らも地面に伏せた。あたりは静まり返っている。

(いまのは飛礫だった。何者かがわたしたちを狙っている――)

やがて隼人は刀の鯉口を切った。

野鳥があわただしい鳴き声を上げている。

十三

臥雲は地面に寝転がったまま空を見上げていた。やおらのんびりとした声で隼人に問いかけた。

「おい、敵はわしらをどうするつもりだと思う」

「さて。脅しか、それとも本気で殺すつもりなのかはわかりませんな」

隼人は鯉口を切ったまま、生い茂った茅の間からあたりをうかがった。そんな隼人を尻目に、臥雲は体を横にして肘枕をした。

「なんだ、脅しかもしれぬのか。つまらんな」

臥雲は舌打ちして言った。隼人は苦笑した。

「殺しに来たほうがよいような口ぶりでござるな」

「わしは獄舎に入れられて悟ったのだ。もはやこの世に未練はない。なにせ、この世に生きる値打ちなどさほどにないゆえな」

臥雲の言葉を聞いて、隼人はさりげなく言った。

「さように言われること自体、未練がある証ではござらぬか。まことに死ぬ気であれば、何も言わずにあの世へ行っておられよう」

臥雲はにやりと笑いつつ、そうとは限らんぞ、とつぶやいて起き上がると、茅の間からひょいと顔をのぞかせた。その瞬間、三方から飛礫が飛来するや、がっ、という音がして臥雲がうめいた。

「伏せろっ」

隼人は臥雲を引きずり倒した。その頭上をさらに飛礫が飛んだ。

地面に伏せた臥雲の額からは、血が滴り落ちていた。隼人はとっさに袖を破って臥雲の額に巻き、血止めにした。

「言わぬことではない」

隼人が顔をしかめると、臥雲が低く笑った。

「死んでやろうかと思ったが、どうやら敵は下手くそだぞ。飛礫は頭をかすめただけだ」

「さような御託は血が止まってから言うてくだされ。当たり所が悪ければ、いまの飛礫で死んでおりましたぞ」

飛礫がやんだのを見て、隼人はあたりの音に耳を澄ませた。すると、臥雲が再び話し始めた。

「鬼隼人殿は、わしが酔って遊女を斬った話を知っておるか」

「聞いてはおりますが、いま話すことではござらぬ。敵は近づいてきておるようです」

隼人に素っ気なく返されても、臥雲は構うことなく言葉を継いだ。

「斬った遊女は、もとはわしの妾だった女だ」

「ほう。それがどうして遊女になったのでござる」

つい訊き返してしまった自分に呆れつつ、隼人は地面に耳をつけた。数人が近づいてくるのがわかった。一気に片をつける肚のようだ。

隼人はそろりと刀を抜いた。臥雲はそんな隼人に構わずに話を続ける。

「その女は、あるとき、わしの弟子と手に手をとって駆け落ちした。大坂へ出たという話だったが、いつの間にか羽根へ戻って、しかも遊女になっていたのだ。わしは苦界から救い出してやろうと思った」

「駆け落ちして逃げた女を、でござるか」

隼人は地面をなぐようにして目の前の茅を刀ですっと横になでた。茅が切り払われ、視界が開けた。

臥雲は空を眺めながら言った。

「わしのもとから逃げた女だが、遊女のままでは不憫だと思ったのだ。だが、わしが遊女屋に通い詰めると、女はもう来てくれるなと言いおった」

「臥雲殿の世間体を慮ってくれたのでござろう」

足音がいよいよ近づいてくる。隼人は刀の柄を握り直した。すぐ近くに迫った敵の息遣いが聞こえてきた。だが、臥雲はなおも話した。

「はずれだ。女はわしのことを心底嫌っておったのだ。駆け落ちしたのも、別に弟子が好きだったわけではない。わしのもとから逃げ出せるなら、相手は誰でもよかったと言いおった」

臥雲は、その女の顔を思い出しているかのようだった。

「それは気の毒でしたな」

素っ気なく隼人が言った瞬間、地面を蹴ったふたりの修験者が、錫杖を振りかざして襲ってきた。

びゅん
びゅん
と修験者が振り下ろす錫杖をかいくぐった隼人はひとりの胴をないだ。さらにもうひとりが打ちかかってくると、錫杖を刀で払い、すかさず相手の肩先を斬った。

血飛沫を上げてふたりの修験者が倒れると同時に、別の修験者三人が刀を抜いて斬り付けてきた。

臥雲を背にかばいながら、隼人は三人と斬り合う。隼人と修験者の白刃が打ち合う乾いた音が続いた。

ひとりの修験者が背後から斬り付けてきた。それを察した隼人はくるりと体をまわし、臥雲の後ろに出るなり、修験者の胴を突いた。悲鳴を上げた修験者が弾かれたように倒れた。

間を置かずに、残るふたりの修験者が左右から斬りかかる。白刃が交差するなか、臥雲は隼人に突き飛ばされて地面に倒れ込んだ。

隼人は刀を大きくまわしてふたりの刀を弾き返すと、右を斬ると見せながら反転して左の修験者を斬った。

「おのれ——」

叫び声を上げて斬り付けてくる最後のひとりに向かって、刀を地面すれすれから撥ね上げさせた。

相手は思わぬ角度から伸びてきた刀を避けようと跳び上がった。だが、隼人の刀は吸い付くように相手の太ももを切り裂いていた。

修験者は音を立てて地面に転がると、うめき声を上げて立ち上がれなかった。

隼人は腰を落とし、かがめていた背筋を伸ばしてあたりを見回した。十間ほど離れたところに、錫杖を手に、刀を腰に吊った修験者が立っている。

玄鬼坊と名のった修験者だった。隼人は刀を正眼に構えて口を開いた。

「どうした。仲間と一緒にかかってこぬのは、何の遠慮だ。それとも臆したか」

玄鬼坊は、にやりと笑った。

「笑止。きさまの太刀筋（たちすじ）を見定めておったのだ」

「ほう、ならば、わたしの剣の腕をどう見た。まさか、きょうも脅しゆえ、逃がしてくれと申すのではあるまいな」

隼人は皮肉を言った。玄鬼坊は錫杖を頭上でくるくるとまわした。

「やはり、なかなか使う。だが、油断さえしなければ――」

玄鬼坊は頭上で錫杖をまわしながら茅をかきわけて走り出した。隼人も迎え撃つかのように疾駆（しっく）した。

ふたりが激突する瞬間、玄鬼坊は振り上げた錫杖を打ち下ろしながら、

「たいしたことはない」

と叫んだ。必殺の一撃が隼人を捉（とら）えた――そう見えた刹那（せつな）、隼人は地を蹴って地面を転がり、玄鬼坊の錫杖は虚しく地面を打っていた。

「小癪な」

玄鬼坊はとっさに錫杖を捨てて刀を抜いた。しかし、それより早く、跳ねあがるように立った隼人は刀を返して玄鬼坊の首筋を峰打ちしていた。

玄鬼坊は、まさに木偶のように倒れて気を失った。地面に転がった玄鬼坊を見据えながら、隼人はつぶやいた。

「それにしてもご苦労なことよ。自分と考えが違うからといって斬っていては、わたしなどは死人の山を築かねばならなくなる」

ぼう然とふたりの戦いを見ていた臥雲は立ち上がりながら、

「わしは鬼隼人にはなれぬな」

と言って、からからと笑った。


隼人は普請小屋から七右衛門の下男たちを呼び寄せ、傷を負った修験者たちの手当をさせた。歩けぬ修験者は近くの寺に運んで医師の治療が受けられるようにした。ただひとり、気絶していた玄鬼坊だけは荒縄で縛って普請小屋に連れていき、土間の隅に転がした。

この日の夜、隼人と臥雲、七右衛門は車座になって夕餉を囲んだ。昼間、修験者に襲われた話になると、七右衛門がこともなげに言った。

「まあ、よくあることでございます。わたしなど、普請を始める日に普請小屋に火を放たれたこともありました」

臥雲はにやりと笑った。

「よくよく憎まれていたのだな」

「でしょうな。なにせ、いつも借銀を棒引きするかわりに、手間賃は払わないというやり方ですからな」

七右衛門は、なんということもないという顔でうなずいた。隼人は七右衛門の話に興味を持った。

「ほう。手間賃を払わぬので百姓の恨みを買っているという話でござったが、借銀を棒引きにしてやっておったのですか」

「さようでございます。何もただで働かせておったわけではございません。普請小屋に来れば飯も食えますし、女房子供のために食い物を持ち帰っても見て見ぬふりをしておりました。百姓たちにとっては、ありがたい仕事であったと存じますよ」

「しかし、金が入らないのは百姓にとっては辛かろう」

「とはいっても、借銀は棒引きにいたしておりますから、また新たに金を借りることはできますぞ」

七右衛門は目を光らせて、酒がたっぷりと入った杯を口に運んだ。臥雲が横目で七右衛門を見て口を開いた。

「その百姓たちが金を借りるのは、また大庄屋の七右衛門ということになるのであろう」

「無論、借銀を働くことで返した者にはちゃんと貸してやります」

「そうやって借銀漬けにしておいて、いずれは借銀の形に田畑を取り上げ、作男にしてしまう魂胆だろう」

　臥雲は鼻先で嗤った。

「そうですな。田畑は小百姓が細かく分けて持っておるより、大百姓がまとめて持っていたほうが何かと都合がよろしいですから」

　隼人は杯の酒を飲みほして言った。

「世間からは、七右衛門殿がひとりだけ肥え太ったように見えるであろうがな」

「そうに違いありません。しかし、何と言われても、わたしはいっこうに平気ですな」

　七右衛門が言うと、臥雲が、さすがに人食いと言われるだけのことはあるな、とつぶやいた。

　七右衛門はそんな声には頓着せずに、白い眉を上げ、土間に転がる玄鬼坊に目を向けた。蠟燭の火がゆらりと揺れて、修験者の姿を光と闇のあわいに仄かに照らし出していた。

「それにしても、あの者はいかがいたすのですか」

「ここでわたしたちのなすところを見せて改心させようと思う」

隼人の言葉に七右衛門と臥雲は一瞬顔を見合わせ、それから割れるように大笑した。七右衛門は苦しげに笑いながら言った。

「多聞様、修験者などと申すものは世のすれっからしでございます。とても改心いたすようなことはございますまい」

臥雲も薄笑いを浮かべて、

「そもそも、われらのなすことを見て、どう改心いたすというのだ。われらはそれぞれの欲と都合で黒菱沼を埋め立てようとしているのだ。まさか、民百姓のためにとも力を尽くそうなどと、あの修験者に説教するつもりではあるまいな」

と訊いた。すると、土間に転がっていた玄鬼坊は、どうやら大分前から気がついていたようで、むくりと起き上がってわめいた。

「当たり前だ。誰がおまえらのような悪人の仲間になるものか」

その言葉が終わらぬうちに、隼人は振り向きもせずに言った。

「わたしたちが悪人なら、おぬしは善人なのか」

玄鬼坊は隼人の意外な言葉に目を剝いた。

「わしは悪を亡ぼし、正義を行おうとするものだ」

隼人は笑った。

「わたしは、悪人とはおのれで何ひとつなさず、何も作らず、ひとの悪しきを誹り、自らを正しいとする者のことだと思っている」

「なんだと」

「おぬしは百姓の子であろう。子供のころは知らぬが修験者となってからは、米一粒たりとも作らず、ただご大層なことを言って百姓衆から米や銭（ぜに）を巻き上げてきただけであろう」

隼人のひややかな言葉が玄鬼坊を激昂させた。

「さようなことを申せば、米一粒たりとも作らぬ武士こそ、悪人であるということになるぞ」

隼人はなおも振り向かずに言葉を継いだ。

「そうだ。武士とは悪人なのだ。その咎を背負って生きていることを知らず、おのれを貴（たっと）いと思っている大名などは極悪人だ」

「きさま、何ということを」

　玄鬼坊はぼう然とした。

　七右衛門が、くっくっと笑った。

「これはおかしい。多聞様とは気が合いまするな。わたしもさように存じておりました。ひとが日々生きていくのに欠かせぬ米を作っておる百姓が、なぜ何も作らず威張っておるお武家に頭を下げねばならぬのであろうか、と」

「だからこそ、七右衛門殿は灌漑や干拓を行い、武士の世話にならず、百姓のために、百姓が切り拓いた田畑を増やそうとしてきたのであろう」

　隼人は静かに言った。

　七右衛門は隼人をしばらく睨み据えてから言葉を発した。

「さようです。わたしはお武家に大きな顔をされるのが我慢なりません。毎日、誰のおかげで命をつないでいると思っているのだ」

　七右衛門の激しい言葉を、臥雲はふわりと受けた。

「それを言うなら、お天道様のおかげも言わずばなるまい。百姓だけで世が成り立っておるわけではないからな」

　七右衛門はじろりと臥雲を見てから、また杯を口に運んだ。そのとき、うめくように、

――馬鹿者

とつぶやいた。

隼人と臥雲は顔を見合わせたが、何も言わなかった。

土間の玄鬼坊は隼人たちの話していることが理解できず、ただ、ううむ、とうなり続けるばかりだった。

囲炉裏の火が赤く燃えている。

十四

隼人が普請小屋に入って三日が過ぎた。

白金屋太吉はこの日、隼人の屋敷を訪ね、おりうと女中部屋で話していた。

「おりう、わたしはどうやら大きな商売の糸口をつかんだようだ」

太吉は興奮のためか、頬を紅潮させて言った。

黒菱沼の周辺の土地を博多の播磨屋から手に入れた。これからも土地を増やして大地主になるのだ、と太吉は意気込んだ。

「それはようございました」

応じながらもおりうは、太吉の金儲けが黒菱沼の干拓に関わりがあるのだろうと思うといやな気がした。

獄を出されて以来この屋敷で過ごしていた臥雲は変人で口は悪いが、黒菱沼に関する絵図や普請の記録などを取り寄せて、夜遅くまで部屋に閉じ籠もって調べ物をしていた。

干拓をどのようにするかを真剣に考えていることは、おりうにも伝わってきた。

隼人が何を考えて干拓に臨もうとしているのかはわからないが、それでもただならぬ気迫は伝わってくる。

隼人は何事をなすにも命がけでやるひとなのだ、とおりうには感じられた。それなのに、太吉の頭には金儲けのことしかないのかと思うと、疎ましい気がした。

太吉はそんなおりうの気持を察したのか、

「わたしは商人だよ。儲けのことを考えるのが当たり前じゃないか」

とわずかに苛立ちを見せた。おりうはあわてて言った。

「それはよくわかっております。父に死なれて行き場を失っていたわたしの一家は、あなたのお金で救われたのですから」

「それさえわかっていてくれたらいいんだよ」

太吉はたちまち機嫌をなおしてから、声をひそめた。

「ところで、おりうが住み込んでから、多聞様の様子はどうだい」

「どうって、いままでと変わったことは何もありません」

隼人がおりうに手を出す素振りはないのか、と訊いているのだとわかって、おりうは再び疎ましさを覚えた。そう思うと、いままでは目鼻立ちがしっかりした、しかも商人としての腕を持ったくましさを感じさせると思っていた太吉の顔が、ひどく卑屈なものに見えた。

おりうはうつむいて訊いた。

「多聞様からの思し召しがあればよいのに、と思っているんですか」

はっきりと口にされて、太吉はうろたえた。

「まさか。何を言うのだ。多聞様がおまえをどうこうしようと思ったら困ると案じているんだよ」

「それならどうして……」

おりうは言いかけて口を噤んだ。それから、今度は太吉を見つめて問うた。

「わたしは女中の身です。もし、多聞様に何か言われたら、どうすればいいのでしょうか」

「どうすればと言っても……」

太吉はしどろもどろになった。おりうは、きっとなって太吉を見据えた。

「そのときは、多聞様を突き飛ばして逃げます」

「突き飛ばすのは、乱暴だな」

太吉は困ったように顔をそむけた。そして土壁に目を遣ったまま、

「賢い女には、賢い女なりのあしらいようがあるんじゃないのか」

と、ぽつりと言った。

おりうは頭を横に振った。

「あしらいようと言われても、わたしは客商売をしたことがないので、どうしたらいいかわかりません」

太吉は困ったようにおりうを見つめた。

「さて、どうしたものか」

腕を組んで考え込んだ太吉は、ふと笑顔になった。

「そうだ。多聞様を城下の遊女屋にお連れするという手があるな」

太吉はぽんと膝を叩くと、よいことを思いついた、そうしよう、そうしよう、とひとり合点して帰っていった。

残されたおりうは女中部屋でぼう然としていた。太吉が口にした遊女屋という言葉が耳から離れなかった。

(やはり、わたしのことを遊女と同じように思っているのだ)

母や弟妹の面倒を見てもらい、女房として大事にされていると思い込んでいたが、あれはすべて商売に役立てるためだったのだろうかと泣きたくなった。

それなら、太吉の思惑通り隼人の妾になろうかと思って、はっとした。

なぜか、欅屋敷の楓の顔が脳裏に浮かんだのだ。親を失った子供たちを育てている楓の姿は清浄なものだった。

それに比べて、仕える主人の妾になろうかなどと考えた自分がひどく卑(いや)しく、暗い場所に落ち込んだように思えた。

いやだ、そんなことになってはいけない、と自分に言い聞かせた。しかし、そう思うとともに、心のどこかに、隼人のもっとそばに仕えたいという思いもあるような気がした。

それは隼人の妾になるなどということとは違ったものだ。常に孤独で何ものかに立ち向かっているような隼人に寄り添いたいという思いだ。

なぜ、そんなことを思うのだろうと、自分の胸の裡(うち)を探るうちに、

（楓様こそ、多聞様に寄り添われたいと思われているのではないだろうか）

という気がした。

楓と隼人の間に何があったのかはわからないが、ふたりの間には深い心の結びつきがあるように思えたのだ。

太吉から隼人に妾に望まれることがなかったかと暗に訊かれたとき、いやな気持になったのも、ふたりの間に自分が置かれることがためらわれたからではなかったか。

（楓様は何かに耐えていらっしゃる。それは多聞様も同じなのだ）

そう思ったとき、自分の胸にかすかな嫉妬が湧いたことに気づいた。おりうは、あわててその思いを打ち消した。

（わたしは何を考えているのだろう）

それでも、心のどこかで、隼人が心静かに満ち足りた思いで日々を過ごすことができたらいいのだが、と考え続けていた。そのために自分にできることがあるのなら

——。

おりうの脳裏には、いつしか隼人の顔が浮かんでいた。

同じころ、白木立斎は筆頭家老の塩谷勘右衛門の屋敷を訪ねていた。客間に通され

た立斎の前に現れた勘右衛門は苦い顔をした。

「白木殿、仮にもそなたは建白書を咎められて閉門の身でござろう。家老であるわたしの屋敷を訪ねてもらっては困りますぞ」

立斎は恐縮した様子で頭を下げた。

「まことに仰せごもっともでございます。ただ、これだけはお伝えしておかねばならぬことができまして」

立斎は顔を上げて言った。勘右衛門は苦い顔のまま訊いた。

「何事でござる」

「実は、多聞隼人めが不正を働こうとしている気配がございます」

「不正ですと。詳しく申されよ」

さすがに勘右衛門も身を乗り出した。

「これは博多の播磨屋が、それがしの門人を通じて伝えてきたことでございます。表立ってご家老様に申し上げるのを憚ったのでございましょう」

「さようかもしれませぬな。確かにわたしには播磨屋からの借財が残っております。直にわたしに言えば借財の返済を求める催促になるゆえ、そのあたりを斟酌(しんしゃく)した、ということでござろうな」

勘右衛門は苦笑した。立斎は深くうなずいてから口を開いた。

「播磨屋が申すには、黒菱沼の周辺には播磨屋が持つ土地があったそうでございます。それを近頃、白金屋なる商人が買いに参ったそうでございます」

「ほう、それで——」

「この白金屋は城下の商人で、かねてから多聞隼人のもとへ出入りしております。あまつさえ、おのが女房を多聞の屋敷に女中奉公させているそうでございます」

「自分の女房を多聞の屋敷に入れておるのでござるか」

「さようです。おそらく妾として差し出したのでございましょう。まさに乱倫の所業でございますな」

立斎はしかつめらしい顔をして言った。

「しかし、白金屋なる者が黒菱沼周辺の土地を買うたのは、あのあたりが美田になると見越してでござろうな」

「そうに違いございません。多聞が黒菱沼の干拓に躍起になっておるわけが、これでわかりました」

「ふむ、詮議してみねばなりませんな」

勘右衛門は目を光らせてつぶやいた。立斎は膝を乗り出して話を続けた。

「さて、そこでございます。播磨屋は面白いことを申して参りました。できれば、このましばらく多聞めの思い通りにさせ、干拓の目処が立ったところでお咎めになってはいかがか、と申すのです」

「なぜ、さように面倒なことを申すのでござる」

「されば、播磨屋にはほかにも黒菱沼からさほど遠くない土地があるそうでございます。それらを白金屋に残らず買わせたうえで、お咎めにより白金屋を闕所にしていただきたいと申しております。その際、白金屋が播磨屋からだまし取ったということで、その土地を返していただきたいと」

　勘右衛門は、はっは、と笑った。

「播磨屋め、虫のよいことを申す」

　立斎は、にやりと笑った。

「されど、もともとは播磨屋の土地でございます。白金屋が損をいたすだけで、御家に損はありませぬ。さらに申せば、塩谷様の借財も、そのおりに帳消しになると存じます」

　ごほん、と空咳をしてから勘右衛門は、

「それはどうでもよいことでござるが、しかしこの先、多聞への監視を強めねばなりませんな」

「さようでございます。実は、先日、それがしの弟子である修験者たちに多聞を懲らしめるよう申し付けましたが、却って痛い目にあわされたようでございます」

「ほう、返り討ちにあいましたか」

勘右衛門は皮肉な目を立斎に向けた。立斎は隼人を襲った修験者のうち、手当を受けて戻ってきた者から聞いた顚末をありのままに話した。

「まことに無様なことにてお恥ずかしゅうございます。しかも、修験者の頭目格の玄鬼坊と申す男は多聞めに捕らえられ、普請小屋に幽閉されております」

その後、修験者のひとりが様子を見にいったところ、玄鬼坊は縄で縛られ普請小屋に閉じ込められたままだったという。用便のために時おり外に出され、食事なども与えられてはいるようだが、解き放たれる気配はない。

「あるいは、おりを見て、わたしを追い落とす生き証人として使うつもりかもしれませぬ」

「それは困りましたな。その男、白木殿に命じられたことを白状するのではないか」

底意地悪く勘右衛門は言った。

「多聞の考えは測りかねまするが、ただ、このままにしておくわけにもまいらぬかと

「……」

「ほう、どうされるおつもりなのです」

「さて、それでございます」

立斎は困惑の表情を浮かべた。玄鬼坊がこれほどあっさりとしくじり、しかも捕えられてしまうとは思いもしなかっただけに、どうすべきかは考えていなかったのだ。

勘右衛門は、じっと立斎の顔を見つめた。

「わたしなら、その者の口を封じますな」

「口を封じる、とは」

立斎は怪訝な顔をした。勘右衛門はしかたがないという顔をして、声を低めた。

「死人に口なし、でござる。その者が生きておっては後々面倒なことになるやもしれませぬ。手を打つなら早い方がよい。さればわたしの手の者をお貸し申そうか」

勘右衛門は非情に言ってのけた。立斎は息を呑んで押し黙ったが、やがて感心したように口を開いた。

「さすがに藩を預かられ、政をされておられるお方は違いまする。秋霜烈日(しゅうそうれつじつ)の厳しさを常に忘れられぬ。まことにそれがしのごとき儒者のおよぶところではございません」

「なに、それほどのことではござらぬ」

勘右衛門は薄い笑いを浮かべて言った。

「しかし、謀（はかりごと）は密なるをもってよしとすると申します。かような企ては家中のどなたにも気づかれぬようにいたしませぬと」

立斎は部屋の外の気配をうかがってから言った。

「承知いたしております。多聞は、何はともあれ、殿のお引き立てを受けてきた男です。手抜かりで殿のお怒りを被っては、馬鹿らしいですからな」

「さようにございます。たかだか鬼隼人ごときのことでご家老様が殿様より疎まれては、家中が立ち行かぬことになります」

立斎が諂（おもね）って言うと、勘右衛門は満足げにうなずいた。

「そうですな。たかだか鬼隼人ごときのことで割を食うのは、まことに馬鹿らしいですからな」

勘右衛門と立斎は顔を見合わせて、くっくっと笑った。

十五

　隼人が普請小屋に入って六日が過ぎた。

　この日、隼人は城下の屋敷に戻るため、朝から身支度をした。臥雲は板敷に寝転がったまま隼人に目を遣って、

「宮仕えの身は辛いな。やはり、時おりは登城せねばならぬのか」

「わたしの仕事は黒菱沼の干拓だけではない。決裁いたさねばならぬものもあるし、登城せぬ間に干拓についても、どのような評定が行われておるかわかりませぬ。油断はできぬのでござる」

「そういうものか」

　臥雲があくびをしながら言うと、隼人は苦笑した。

「それがわかったら、一日も早く指図を書いてくだされ。ここに来て七日になるが、臥雲殿が机に向かっているのを見たことはありませんぞ」

「指図ならいつも頭の中で書いておる。いままで何枚書いたか、数え切れぬほどだ」

「その言葉を信じておきましょう」

隼人が家士の古村庄助とともに普請小屋を出てみると、よく晴れて、抜けるような青空だった。隼人は空を見上げて、

「きょうはよき日のようだな」

とつぶやいた。庄助が嬉しげに、

「普請へ向けての準備も進んでおるようでございます。さすがに七右衛門様の段取りは見事でございます」

と言った。きょうも未明から七右衛門の下男たちはあたり一帯の縄張りを行い、土の硬さや湿地の泥の深さなどを確かめている。

忙(せわ)しげに働く下男たちを、七右衛門は竹の鞭(むち)を手にして見て回っている。少しでも怠(なま)けている者がいれば、七右衛門は容赦なく竹の鞭で打つのだ。

いまも普請小屋のまわりに石積みをしていた男の前に立った七右衛門は、急に、

「なんだ、その積み方は。それではすぐに崩れるぞ。石が崩れれば人死にも出かねないことがおまえにはわからんのか」

と怒鳴りながら、男の背に鞭を見舞った。

ひいっ

悲鳴を上げた男はあわてて石を積み直す。その様子を見たほかの男たちも、急ぎつ

つも丁寧な作業に取り組んでいた。

　隼人は素知らぬ顔で歩き出した。茅の間を抜けていこうとしたとき、風が吹いた。

　隼人の足がぴたりと止まる。傍らの庄助が不審そうに、

「旦那様、どうなさいました」

　と訊いた。

「火縄の臭いだ」

「鉄砲でございますか」

　庄助はあわててあたりを見回した。山間（やまあい）は静まったままで、ひとの気配はない。腰を落として身構えた庄助は恐る恐る、

「どこぞで猟師が、鉄砲で狩りをいたしておるのではありませぬか」

「かようなところで狙う獣（けもの）や鳥はおるまい。おるとすればひとだけだ」

「では、旦那様を狙う者がひそんでいるのでしょうか」

　庄助の声がかすれた。いまにもどこかから鉄砲の弾（たま）が飛んでくるのではないかと警戒していた。

「それなら、とっくに撃ってきそうなものだが」

　首をかしげた隼人は普請小屋を振り向いた。すると、下男のひとりが荒縄で腕と腰

を縛られた玄鬼坊を連れて出てきた。厠へ行くつもりなのだろう。

玄鬼坊の姿を見た隼人は、

——そうか
と叫ぶと、普請小屋に向かって走り出した。

「旦那様——」

庄助もあとを追いかける。

普請小屋に近づいた隼人は、

「伏せろ」

と叫んで玄鬼坊に飛びついた。その瞬間、
だーん
鉄砲の音が雷鳴のように鳴り響いた。作業をしていた下男たちが驚きの声を上げた。うっ、とうめいたのは、地面に転がった玄鬼坊に覆いかぶさった隼人だった。

玄鬼坊をかばったとき、鉄砲の弾が脇腹に当たっていた。脇腹から血を流す隼人を見て、玄鬼坊は身を起こした。

「どうした。何があったのだ」

玄鬼坊の額から汗が滴っていた。

隼人は、すぐさま庄助によって普請小屋に担ぎ込まれた。臥雲が傷をあらためて顔をしかめた。

「これはひどい。鉄砲の弾がまだ体に残っておる。医者を呼べ」

臥雲に言われて、下男のひとりが戸口から走り出た。その間に隼人のそばに座った七右衛門が傷を見て、

「臥雲殿のおっしゃる通り、まだ弾が残っておりますな。これは医者が来るのを待ってはおられませんぞ」

と言うと、下男に、火箸があっただろう、炭火で先を炙(あぶ)って持ってこい、と命じた。

臥雲が、ぎょっとして七右衛門を見た。

「おぬし、鉄砲の弾を取り出すつもりか」

「こんな場所で医者を待っていたら、その間に多聞様は亡くなりましょう」

七右衛門はそう言うと、傍らの女中に焼酎(しょうちゅう)と、小盥(こだらい)に湯を入れて持ってこいと命じた。

臥雲は顔をしかめた。

「いくらなんでも無茶だ。今までにやったことがあるのか」

「一度だけ」

「そのとき弾を取り出した相手は助かったのだな」

臥雲が確かめるように訊くと、七右衛門はゆっくりと頭を横に振った。

「死にました」

七右衛門は平然と答えると、隼人に顔を向けた。

「火箸で鉄砲の弾を取り出します。痛みますが、我慢していただくしかありませんな」

隼人は苦しげな顔に笑みを浮かべた。

「好きにしてくだされ」

はい、とうなずきながら、七右衛門は隼人の袴と着物を脱がせ、剝き出しになった傷をあらためた。脇腹は真っ赤に染まっていた。その傷口を、傍らに座った玄鬼坊は恐ろしげに見た。

「あの鉄砲はわしを狙ったものだった。それなのに、この男はなぜわしをかばったのだ」

玄鬼坊がつぶやくと、臥雲が叱責した。

「うるさい。こ奴は助けたかったから助けたのだ。わかりきったことを訊くな」

玄鬼坊がびくりとして体をすくめると、今度は七右衛門が怒鳴った。

「うるさいのはあんただ。そんな奴に構わず黙っていろ」

臥雲がいまいましそうに口を閉じると、七右衛門は女中が運んできた小盥の湯で手を洗い、さらに下男が持ってきた火箸を手にした。

七右衛門は隼人の傷を睨んだ。ふと顔を上げて庄助に命じた。

「多聞様が暴れてはいかぬから、体を押さえておいてくれ」

庄助が隼人の肩を、下男が足を押さえると、

「さあ、やりますぞ。ちょっと痛いでござろうが」

にやりと笑った七右衛門は、傷口に焼酎を吹きかけたあと、火箸を傷口に差し込んだ。あわてず、ゆっくりとした手つきだった。

——ううっ
隼人がうめいた。体が跳ね上がりそうになるのを庄助と下男が懸命に押さえる。

臥雲は身じろぎもせずに七右衛門の手元を見つめている。普請小屋にいる者たちは皆、息を詰めて見守っている。

血がどくどくとあふれた。不意に七右衛門は傷口に指を持っていくと、火箸で摑み

出した弾を摘(つま)んだ。

七右衛門は、ふーっと大きくため息をついた。

「やってみるものですな。できましたぞ」

臥雲が呆れたように言った。

「なんだ、できる自信があったのではなかったのか」

「そんなものあるはずがない。もししくじって多聞様が亡くなっても、ひとの命ですからな。わたしには痛くもかゆくもない」

そう言いながら火箸を置いた七右衛門の手は、緊張のためかぶるぶると震えていた。七右衛門は再び傷口に焼酎を吹きかけてから脂薬(あぶらぐすり)を塗って、晒(さらし)を巻くように下男たちに言いつけた。そして、女中たちに顔を向けて、

「気のきかない奴らだ。酒を持ってこい」

と苛立たしげに怒鳴った。

臥雲は、痛みで顔面蒼白になっている隼人に声をかけた。

「おい、どうやらおまえさんは助かりそうだぞ。悪運が強いようだな」

「鬼隼人ですからな」

隼人は目を閉じたまま答えた。

医者が普請小屋に来たのは一刻が過ぎてからだった。鉄砲弾を取り出した傷口を見て、

「たいしたものだ」

と感心したが、そのときには七右衛門は大酒を飲み、高鼾(たかいびき)で寝ていた。医者はあらためて手当をしたうえで、

「ここでは十分な手当ができません。二日ほど寝かせてから、駕籠で城下に戻られたがよい」

と告げた。隼人はうなずいて、庄助に藩に届をするように命じた。

「猪狩(ししが)りの鉄砲に当たったとだけ言うのだぞ」

隼人に念を押されて、庄助はうなずいて普請小屋を出ていった。

そのまま隼人は眠った。

夜が更けて、隼人がふと目を覚ますと、傍らに玄鬼坊が座っていた。誰が許したのか、縄をほどかれ、隼人を見守っている。

「なんだ、看病のつもりか」

隼人が言うと、玄鬼坊は顔を寄せて訊いた。

「まだ痛まれるか」

「当たり前だ。鉄砲に撃たれたばかりではないか」

隼人は痛みに耐えながら苦笑した。

「あの鉄砲はわしを狙ったものだった。おそらく口封じをするつもりだったのだろう」

「そうであろうな」

「誰がそれがしに多聞様を狙わせたか、お知りになりたいか」

玄鬼坊は口調を改め、隼人の顔をうかがうように見た。

「言わずともよい。聞かずともわかっておる。心の狭いおのれだけが正義と信じているおひとだ」

「さよう。それがしも多聞様を殺める(あや)のが正義だと思っておりました。なにゆえ、鉄砲からそれがしをかばわれた」

玄鬼坊は訝しげに訊いた。

「初めて会ったおり、おぬしが民の難儀を見過ごしにできぬと言ったからだ」

「はて――」

隼人の言葉に玄鬼坊は首をかしげた。隼人は微笑を浮かべた。

「わからぬであろうな。おぬしとわたしでは正義というものが違うからだ。わたしにとっての正義とは建前や理屈ではない。ひとが何事かをなしとげ、作り上げるために、たがいに助け合うて、苦しみを分かち合い、ともに生きることだ」

「それがしの正義は違いまするか」

玄鬼坊は静かに訊いた。隼人は苦しげに声をかすれさせながらも話した。

「おぬしの正義はおのれの正しさを言い立て、ひとを謗り、糺すものだ。何も作ろうとはせぬ。あからさまに言えば、何かをなそうとする者の足を引っ張って快とするだけだ。この世に何も作り出さぬ」

「先夜、米を作る百姓が何も作らぬ武士に頭を下げるのはおかしいと、皆さまで話しておられましたな」

「そうだ。まことの正義はそこにある。すなわち、民の難儀を見過ごさぬことだとわたしは思っている」

「それがしには、まだよくわかりませぬ」

玄鬼坊は大きくため息をついた。

「わからぬでもよい。だが、わからぬなりにここでの仕事を手伝ってみぬか」

「黒菱沼の埋め立てを、でござるか」

目を剝いて玄鬼坊は隼人を見つめた。

「おのれの考えと違うと思えば、いつでも去るがよい。だが、もし、やるだけの値打ちがあると思えば、ここで働け」

「まさか、そのために鉄砲から助けたと言われますか」

玄鬼坊に訊かれて、隼人は、ふふっと笑った。

「有体（ありてい）に言ってしまえば、そういうことになるな。わたしには城での仕事もある。何年もここに張り付いておるわけにはいかぬ。臥雲殿は指図を書くが、それ以上のことはせぬ。七右衛門殿もひとを使い、普請を進めるが、この普請場すべてを守ろうとは思わぬであろう。ここを守る鬼が要るのだ」

「多聞様に代わるもうひとりの鬼となれ、ということでござるか」

「そうだ。おぬしが玄鬼坊と名のったのを聞いて、もうひとりの鬼になるのではないかと思ったというわけだ」

玄鬼坊はしばらく黙してからつぶやいた。

「あなたは恐ろしい方だ」

隼人は目を閉じて言った。

「どうやら、もうひとりの鬼が出来たようだ」

普請小屋の外で、山犬の遠吠えが聞こえた。

十六

羽根藩主三浦兼清は、この日、城内の茶室に元家老の飯沢長左衛門を召し出した。長左衛門はすでに隠居し、しかも病身だったが、家士と女中に付き添われて登城し、本丸にある茶室に入った。

長左衛門は羽織袴姿で女中に支えられ、やっとの思いで躙り口から茶室に入ると吐息をついた。すでに兼清は着流し姿でゆったりと釜の前に座っており、あえぎながら手をつかえた長左衛門に労りのこもった目を向けた。

「病で臥せっておると聞いた。呼び出してすまぬな」

兼清が声をかけると、長左衛門は平伏して答えた。

「滅相もない。すでに隠居いたしたそれがしを召し出していただき、ありがたき幸せにございます」

「実は、そなたに訊きたいことがあってな」

兼清は茶を点てながら言った。

「何事でございましょうか」

長左衛門はうかがうように兼清を見た。

「多聞隼人のことだ」

兼清は何気なく言うと、茶碗を長左衛門の膝前に置いた。長左衛門はゆっくりと茶を喫してから訊いた。

「多聞がなんぞいたしたのでございましょうか」

「黒菱沼の干拓をやると申しておったが、どうやら何者かに襲われて怪我をしたらしく、屋敷に引き籠もっておる」

「それはまた――」

長左衛門は何事か考えるように首をかしげた。

「襲わせたのは、おそらく白木立斎であろう。多聞は敵をつくるところがあるようだ」

「さようでございます。多聞を憎む声は領民の間にも広がっていると聞いております」

そのことだ、と兼清は長左衛門に笑顔を向けた。

「多聞はなぜあのようにひとに憎まれるのであろうかと考えておったら、そなたが多聞を仕官させたわけを訊いてみたくなったのだ」

長左衛門は困ったように目を伏せた。

兼清は、長左衛門の様子を見ながら言葉を継いだ。

「そなたを責めておるのではないぞ。多聞はなかなか役に立つ男だ。そなたが彼の者を推挙したのは正しかった。しかし、なぜ、多聞は家中の者と親しく交わって友をつくり、民を慈しんで人心を得ようとせぬのであろうか。才がありながら、ひととして徳がないのがまことに惜しいではないか」

兼清は考え深い目をして言った。

「さようでございますが、畏れながら、殿のさようなお慈悲も彼の者には届いておりますまい」

「おそらくそうであろうと思うゆえ、そなたに多聞を推挙したわけを訊いてみたくなったのだ」

長左衛門はうつむき、しばし考えてから口を開いた。

「殿は十五年前、初のお国入りをされたときのことを覚えておいでになられましょうや」

「覚えておるとも。そういえば、そなたが多聞を推挙したのは国入りして間もなくのことであったな」

「さようでございます。殿は馬にて国境を越えられました」

長左衛門の声には懐かしげな響きがあった。

「そうであった。初の国入りであったゆえ、わしにも気負いがあったのだな。駕籠で国境を越えるより、馬上にて領内を見たいと思ったのだ」

兼清は笑みを浮かべて思い出しながら言った。

「さようでございます。殿が馬にてお国入りされるとの噂を聞きつけ、国境までお出迎えいたした家中の者や領民がおりました」

「そうであったな。あまりにひとがおるので、何事かと驚いたぞ」

「そのおり、何か気がつかれたことはございませんでしたか」

長左衛門はうかがうように兼清の顔を見た。兼清は十五年前の国入りのときのことを思い浮かべるように釜に目を落としたが、

「いや、出迎えの者が大勢いて嬉しかったことぐらいしか覚えておらんな」

「さようでございますか」

長左衛門は眉をひそめてうつむいた。

「どうした。あのおり、何事かあったのか」

兼清は怪訝な顔をして長左衛門を見つめた。

「いえ、何事もございませんでした」

長左衛門は自分に言い聞かせるように言った。兼清はなおも長左衛門を見つめた。

「そうではあるまい。そなたがわが藩の出身である儒者の粟野岐山の弟子だと申して多聞を推挙したのは、国入りしてからであった。行列の宰領(さいりょう)をしていたにもかかわらず、大坂に立ち寄ったおりには何も申さなかったぞ。大坂から国入りするまでの間に何があったのだ」

兼清に重ねて訊かれて、長左衛門は苦しげに、

「何もなかったとしか申し上げようがないのでございます」

と言った。長左衛門の額には汗が浮かんでいる。

「さようか――」

兼清は大きくため息をついた。

「長左衛門、わしは家中の者たちや領民のための政を心掛けておるつもりじゃ。多聞のなすことは、わしの心にかなっているようでいて、実のところ、かけ離れておるような気がする。その証が多聞をめぐるひとの憎しみじゃ。ひとの嫉み、妬み、憎しみを受ける者には、それだけのわけがあるように思う」

「まことにさように存じまする」

黒菱沼干拓のため家老に就任させるよう求めて屋敷まで談じ込みにきたおりの隼人の強引さを、長左衛門は思い出した。

（あの男はひとを信じることができないのだ）

長左衛門はそう胸の中でつぶやいた。するとその瞬間、耳の奥に幼い女の子の悲鳴が響いた。

長左衛門は、はっとして茶室の中を見回した。兼清とふたりだけの茶室には、ほかにひとがいるはずもなかった。

長左衛門は懐紙を取り出して額の汗をぬぐった。

兼清は微笑んで訊いた。

「いかがいたした。顔色が悪いぞ」

病でございますれば、と答えた長左衛門は虚ろな表情で、

「殿は、やはり何も覚えておいでではないのでございますな」

とつぶやいた。兼清は、また茶を点て始めた。落ち着いた所作で、心に微塵も乱れがないことがうかがえた。

「何のことだ。わしは家中の者や領民のことなら決して忘れぬぞ。それが主君たる者

の務めじゃ」

はっきりと言い切る兼清には、いかにも名君らしい風格があった。長左衛門は木彫りの面のように無表情になって、もはや口を開こうとはしなかった。

兼清は、すでに長左衛門のことなど忘れたかのように自ら点てた茶を喫した。


隼人は屋敷で傷の療養をしていた。

医者が駆けつけて傷口を縫い上げ、二日ほど大事をとったあと、駕籠で城下の屋敷まで運ばれたものの傷はまだふさがっておらず、時おり熱を出した。

おりうはそんな隼人を寝ずに看病した。太吉が見舞いに訪れた際には、

「旦那様に滋養のあるものを食べていただかねばなりませんから」

と卵を買ってくるように頼んだ。

太吉が言われた通り、笊に卵を山のように盛って戻ってくると、おりうは卵粥と味噌汁を作った。味噌汁にも卵を落として隼人に食べさせた。

顔が土気色だった隼人はしだいに元気を取り戻し、夜も眠れるようになってきた。

ある夜、寝所で寝ていた隼人がふと目を覚ますと、燭台に火が灯っており、傍らの畳の上でおりうが横になって寝息を立てていた。

隼人はおりうを起こさねばと思ったが、声をかけるのをためらった。おりうが隼人の看病で疲れ果てているのはわかっていた。

思わず寝てしまったのだろうが、ふと、こんなことが昔もあったと思い出した。羽根藩に仕える前のことだ。

隼人は目を閉じた。

備後の小藩に生まれた隼人は、不祥事が起きて御家がつぶれると浪々の身となり、大坂に出て粟野岐山の塾に入った。

学問に精進して塾生筆頭となり、仕官の道を探したがままならなかった。やむなく岐山に仕官先の斡旋を頼んだ。

岐山は学問に生涯を捧げるひとで、仮にも食禄のために学問を断念する者を好まなかった。だが、隼人の貧窮ぶりを見かねてかねてよりの知己、羽根藩家老の飯沢長左衛門への紹介状を書いた。しかし、声をひそめて、

「わしは致仕した身だから知っておるが、羽根藩に新たにひとを召し抱えるゆとりはあるまい。うまくいっても藩校の教授という名目で、足軽並みの捨扶持をもらえるかどうかじゃぞ」

と言い添えた。

「それでもようございます。このままでは食い詰めるだけでございますゆえ」

隼人は岐山からの紹介状を懐にすると、羽根城下を目指して旅をした。旅の途中で病んだ。そのおり、寝ずに看護してもらった。ようやく羽根藩の領内に入り、長左衛門の推挙で仕官がかなったのだ。

しかし、いまの隼人には虚しさしかなかった。

（まことの武士の生き方とはどのようなものなのだろう）

主君への忠義が武士のまことなのだろうが、忠義を尽くして悔いることのない主君がどれほどいるだろうか。

隼人は大坂にいる間に、海保青陵の門人だった経世家に学ぶ機会があった。

海保青陵は、宝暦五年（一七五五）、丹後宮津藩青山侯の家老、角田市左衛門の長子として生まれた。

父は藩勝手方として財政立て直しを図ったが、藩の内紛により隠居した後、浪人となった。その後、父は名古屋藩に仕えたが、青陵は学問の道に進んだ。

京や江戸で学び、しだいに藩の財政を再建する経世策を唱えるようになった。学問は今の世に用いられるべきものだとして、儒学でいう、

――経世済民

世を経(おさ)め、民を済(すく)うのは、理財の道であると喝破した。そして財政の再建策は倹約ではなく、殖産興業に努め、国を富ませるものでなければならないとしたのだ。経世家の学問にふれていた隼人から見れば、兼清が自らの衣類は木綿をもっぱらとし、食事も一汁一菜にするなど、粗衣粗食に甘んじることは見せかけの善政に過ぎなかった。さらに、兼清が藩校に江戸から高名な学者を招くなどして賢君の名を高くすることは、体裁(ていさい)を取りつくろうだけで藩を豊かにすることにはつながらないと見た。

隼人の胸中には、口にできない悲しみと憤りがあった。

兼清の施策が行き詰まったとき、隼人は自分ならば藩を豊かにできると思った。同時にそのことが、自分の胸に秘めた悲願を達成することでもあると考えたのだ。

目を開けた隼人は、燭台の明かりに白く照らされたおりうの寝顔を黙って見つめた。隼人の視線を感じたのか、おりうはふと目を覚ました。

隼人が見ているのに気づいて、あわてて起き上がり、

「申し訳ないことでございます。うたた寝をいたしました」

とうなだれた。隼人は微笑を浮かべた。

「気にすることはない。わたしの看病で疲れておるのだ」

隼人のやさしい言葉を聞いて、おりうは目を瞠った。隼人は苦笑して言葉を継い

だ。

「どうした。わたしがかようなことを言うとおかしいか」

「いえ、さようなことは決して」

おりうはあわてて頭を振った。

「隠すな。わたしは鬼隼人と呼ばれておる。人並みの言葉をかけられたら、戸惑うのも無理のないことだ」

隼人が諦めたように言うと、おりうは膝を乗り出した。

「旦那様が、鬼などではないことはわかっております」

「ほう、さようなことを言ってくれるのはそなただけだな」

隼人は薄暗い天井に目を遣った。

「わたしだけではございません。欅屋敷の楓様もさように思っておられます」

楓の名をおりうが口にすると、隼人の表情は曇った。

「さようなことはない。欅屋敷の女人こそ、わたしを鬼だと思っているであろう」

言ってはならないことを口にしてしまったと、おりうは後悔した。しかしそれでも、隼人はわたくしの娘を死なせた詫びとして銀子を送ってくるのだ、と楓が言ったわけを訊きたかった。

「楓様は幼い娘を亡くされたそうでございます」

しかし、おりうがそう言っても、もはや隼人は表情を変えなかった。

「知っておる」

「楓様は、いまもそのことをお悲しみのようでございます」

隼人は何も答えず目を閉じた。隼人の胸の裡にも悲しみがあるのをおりうは感じ取った。心がざわめくのを感じた。なぜか隼人に近寄っていた。

(旦那様をお慰めしたい)

おりうはせつない思いにかられていた。そのとき、隼人が静かに、

——おりう
と呼びかけた。

「何でございましょうか」

おりうは息が詰まりそうになりながら訊いた。隼人は目を閉じたまま言葉を継いだ。

「もう、寝た方がよい。部屋に戻って休みなさい」

隼人の言葉には、誰をも寄せつけない峻厳なものがあった。

「お休みなさいませ」

おりうは静かに頭を下げると立ち上がり、部屋から縁側に出た。

冷え冷えとした夜風がおりうの頬をなでた。

十七

冬になった。

黒菱沼では秋の収穫を終えて農閑期に入った百姓たちを駆り出して、土を運ばせ、沼を埋め立てていた。

寒気が厳しく、時おり霰が降った。

傷が癒えた隼人は普請の開始を見届けた後は、登城して家老として執務していた。

そんなある日、隼人が下城して屋敷に戻ると太吉が来ていた。

隼人がおりうの介添えで着替えて客間に出ると、太吉は珍しく肩を落として座っていた。隼人が黙って向かいに座ると、太吉は手をつかえて頭を下げた。

「本日はお願いがあって参りました」

頭を上げて隼人を見つめる太吉の目が血走っている。隼人は眉をひそめた。

「何かあったのか」

「はい、実は——」

太吉は口ごもってから話し始めた。

昨日、町役人を通じて町奉行所への呼び出しがあった。事情もわからぬまま出向いてみると、いきなり白洲(しらす)に引き据えられて、

「博多の播磨屋より、そなたへの訴えが出ておる」

と言い渡された。何のことやらわからず太吉が狼狽(うろた)えている間に、役人は訴状を読み上げた。

太吉は播磨屋から黒菱沼北側の土地を買ったのを皮切りに、その後も再三、博多に通って土地証文を買ってきた。買い求めた土地はすでに数百町歩に及んでいる。

安く買い叩いたつもりはなかった。他の商人に売ったとしたら、その数分の一の値しかつかないだろうと考えていた。

しかし、播磨屋は太吉が支払った金はあくまで手付けで、約束した残りの銀子を支払おうとしないと訴えているという。

「そんな馬鹿な。ちゃんと証文を取り交わしてございます」

太吉が言い募ると、役人は睨みつけた。

「偽りを申すとためにならんぞ」

「とんでもないことでございます。店に戻れば、銀子を渡して支払いを終えたという証文がございます」

　太吉は必死で訴えた。すると、役人は大きくうなずいて、

「ならば、町役人に命じてそなたの店から持ってこさせよう。番頭宛てにその旨を書状にいたせ」

　わたしが取りに戻ります、と太吉は言ったが、役人は受け付けなかった。そして太吉の書いた書状を持って町役人が店に向かった。だが、しばらくして戻ってきた町役人は平然として、

「土地の証文はございましたが、金の受け渡しをした証文はございませんでした」

　そんな馬鹿な、と大声を上げた太吉は、はっと気づいた。

　これは仕組まれた罠なのだ。

　本来なら、町役人からこれこれのお取り調べがあると知らされて、証となる書状を持って奉行所に出向くのだ。

　それなのに、子細も告げられずに奉行所に呼び出され、あげくの果ては肝心の証文までないことにされた。

（奉行所まで動かすとは）

店が傾いた元大店と、播磨屋の力を侮ったことを後悔した。昔から羽根藩とつながりが深いだけに、おそらく藩の重役を巻き込んで仕組んだのだ。播磨屋の狙いは何だろうかと考えて、太吉はぞっとした。

(わたしの身代を乗っ取るつもりではないか)

まだ支払われていない銀子があると言い立てて、身代すべてを乗っ取ってしまおうという肚だろう。

太吉は額から汗を滴らせながら考えた。播磨屋の罠から逃れるにはどうしたらいいのだろうか。すると、役人が叱りつけるように言った。

「その方、ありもせぬ証文を言いたてて、支払いを逃れようとは不届き千万じゃ。入牢を申しつけるべきところだが、銀子をすぐに出すのならば大目に見てもよいぞ。いかがいたすか返答せい」

太吉は抗弁を諦めた。平伏して、

「恐れ入ってございます」

と頭を下げた。このまま粘っては、牢に入れられ、その間に身代を取られてしまうと素早く考えたのだ。

それよりも、奉行所を出て後の算段を考えたほうがいいと思った。太吉は役人に播磨屋が申し立てている銀子を支払うと約束して、なんとか奉行所から帰してもらえた。

しかし、店に戻ってみると、番頭が青い顔をしていた。

播磨屋から買い取った土地の証文だけでなく、ほかの証文から帳簿まで、商いに要る一切合財を町役人が持っていってしまったという。

「止め立てすれば牢に入れるぞと脅されまして、どうしようもありませんでした」

番頭の話を聞いて、太吉は帳場にへたり込んだ。帳簿まですべてを持っていかれては、商売も金繰りもできない。

新興商人の太吉は、もともと城下の古い商人から疎まれていた。太吉が播磨屋からこのような目にあわされたと知られれば、ここぞとばかり、自分たちも太吉から取れるものをはぎ取ろうとするだろう。

商人は弱った者に虎狼のように襲いかかる。このままでは白金屋は食いつくされてしまうということが、太吉にはわかっていた。

眠れぬ夜を過ごした太吉は、背をかがめ、うつむいて凍てついた道を歩き、隼人を訪ねたのだ。

「そうか。で、わたしにどうしろというのだ」

隼人は冷徹な目で太吉を見つめた。太吉は畳に頭をこすりつけた。

「多聞様のお力でお助けいただきたいのでございます」

「それは無理だな」

隼人は即座に言い放った。ちょうど、おりうが茶を持って客間に入ったところだった。

おりうは隼人の鋭い言い方に驚いたのか、茶碗を持ったまま座り込んだ。

「なぜでしょうか。ご家老に昇進され、黒菱沼の干拓を手掛けておられる多聞様は、いまや御家の柱石(ちゅうせき)かと存じます。多聞様がわたしの訴えをお取り上げくだされば、町奉行様とて徒(あだ)やおろそかにはできぬと存じます」

「執政は皆、成り上がりのわたしを快く思ってはおらぬ。特に町奉行は、かねてから筆頭家老塩谷勘右衛門様の子飼いだ。わたしの言うことになど耳を貸すまい。それに
——」

隼人はしばらく考えてから口を開いた。

「あるいは、播磨屋は塩谷様と謀(はか)ってこの一件を仕組んだかもしれんぞ」

「まさか、そのようなことはございますまい。塩谷様が、わたしのごとき一介(いっかい)の商人

をつぶそうとされるとは思えません」

播磨屋が藩の重臣を頼ったかもしれないとは考えたものの、まさか筆頭家老を巻き込めるとは思えなかった。

「いや、塩谷様が絡んでいるとすれば、狙いはそなたではなく、わたしであろう」

「多聞様を――」

太吉は息を呑んだ。おりうも驚いて隼人の顔を見つめた。

「そなたがつぶれては困ると、わたしが動くのを待っておられるのかもしれん」

「多聞様の動きを待って、どうされるというのです」

太吉は困惑した表情になった。

「おそらく、そなたがわたしのもとに出入りしていることを塩谷様はご存じであろう。わたしがそなたのために動けば、わたしが商人から賂(まいない)を得ていると糾弾するおつもりではないか」

隼人は腕を組んでひややかに言った。

「しかし、わたしが賂を差し上げたくても、多聞様は決してお受け取りにならぬではございませぬか。塩谷様がいかに咎めようとされても、ありもしないことを言い立てることはできないはずでございます」

太吉はすがるように隼人を見た。もし隼人が動いてくれなければ白金屋はつぶれるだけに、必死だった。

「まことにそう思うか」

隼人は苦笑して訊いた。太吉は胸をはって答える。

「まことでございますとも」

「おりうのことはどうなのだ」

隼人は傍らのおりうに顔を向けて、つぶやくように言った。

太吉は、あっと声を上げた。

「そなたがおりうをわたしのもとへ送り込んだのは、賂代わりのつもりであったろう。わたしがおりうを妾にすれば、そなたに弱みを握られたも同然だからな」

「それでは、多聞様はおりうを――」

太吉は情けない顔になって声を詰まらせた。とうとう隼人がおりうに手をつけたのかと思ったのだ。おりうはうつむいて太吉に顔を向けない。

隼人は笑った。

「案じるな。わたしとおりうの間には何もない。あくまで主人と奉公人に過ぎぬ」

「さ、さようでございますか」

太吉は、ほっとしたように言った。だが、おりうが悲しげな顔をしているのを見て、太吉はまた肩を落とした。

「おりうとは何もない。しかし、仮にも出入りの商人の女房に身の回りの世話をさせてきたのだ。潔白だと申しても、世間は信じないであろうな」

「それでは、どういうことになるのでございましょうか」

太吉が不安げに訊くと、隼人は膝に手を置いて、きっぱりと言った。

「そなたを助けようとすれば、わたしはおりうのことで塩谷様につけ込まれる。それゆえ動くわけにはいかぬ」

太吉は悄然となった。

「それでは苦労して大きくした白金屋はおしまいでございます」

おりうが太吉の様子を見かねたように、手をつかえて隼人に顔を向けた。

「わたしがお屋敷を出ればよろしいのではないでしょうか」

隼人はおりうに目を向けた。

「この屋敷を出るというのか」

おりうは、はい、と答えようとして、なぜか口ごもった。

言葉が出てこない。

隼人の世話をして暮らす日々が、いつの間にかかけがえのないものになっていた。そんな思いが許されるはずはないと思いつつも、いざ隼人のもとを去るのかと思えば心が震えた。しかし、そんな思いを振り切って、おりうは、

「わたしは太吉についていかねばならないと思います」

とかすれた声で言った。おりうの言葉を聞いて、隼人は深々とうなずいた。

「わかった。それならばいたしようがある」

隼人の目が鋭く光っていた。

十八

二十日後、隼人は太吉を連れて黒菱沼の普請小屋を訪れた。

粉雪が風に舞っていた。

普請小屋では臥雲が文机に向かって指図を書いていた。そばに赤々と炭火が熾る火桶を置いている。

「七右衛門殿はおられるか」

隼人が訊くと、臥雲は振り向きもせずに火桶で手をあぶりながら、

「百姓たちを指図して沼の埋め立て作業をしておる」

と答えた。隼人はうなずいて、小屋にいた百姓に七右衛門を呼んでくるように言いつけた。百姓が出ていくと、臥雲が振り向いた。

隼人の後ろに太吉がいるのを見て、臥雲はにやりと笑った。

「やはりな」

隼人は臥雲の傍らの板敷に座りながら訊いた。

「やはりとは、どういうことでござる」

「昨日、七右衛門が話しておった。おぬしが白金屋を連れてくるかもしれぬとな」

臥雲は笑いながら言った。隼人は平然として答える。

「ほう、さすがに七右衛門殿だ。それなら話は早いな」

「白金屋は塩谷家老と播磨屋の謀でつぶされたそうだな」

臥雲は、じろじろと太吉を見た。太吉は、むっとした表情でそっぽを向いた。太吉は隼人から言われて店を続けることを断念した。

その代わりに、町奉行所に出向いて播磨屋に銀子を送ることを告げて、播磨屋が持っていた土地の証文だけは取り戻した。ほかの証文については戻ってこないことを覚悟していた。

店の者たちには残っていた金を分けて暇(ひま)を取らせた。そのうえで、白金屋の看板を下ろして商人仲間にも挨拶をしてまわった。

太吉の思いがけないほどあっさりとした身の退(ひ)き方は商人仲間を驚かせ、それだけに余計な邪魔は入らなかった。

銀子が届けられると、播磨屋は町奉行所への訴えを取り下げ、それ以上何も言ってこなかった。

太吉は身の回りの物の処分をすませると、隼人とともに普請小屋に来たのだ。

「さよう。それゆえ、白金屋を七右衛門殿に預かってもらいにきたというわけでござる。七右衛門殿は上方の商人を相手に商売をしているはず。商いができる番頭がいれば重宝(ちょうほう)するであろう」

隼人は何でもないことのように言った。

「しかし、あの男は人食いだぞ。見返りもなく、困っている者を助けたりはせんと思うがな」

臥雲は面白がるように隼人を見た。

「博多の播磨屋は逆らえば、さらに難癖をつけて金を搾(しぼ)り取ろうと考えていたのだろうが、白金屋はおとなしく店を畳んだうえで、銀子を支払ってきた。それゆえ、播磨屋の持っていた土地は晴れて白金屋のものとなった。その土地が、七右衛門殿への手土産代わりになる」

「なるほど、それなら人食い七右衛門ものってくるであろうな」

臥雲は、くっくっと笑った。しばらくして、笑い終えた臥雲は真顔になって訊いた。

「そういえば、鬼隼人殿の屋敷には、その男の女房がいたのではなかったか。あの女子はどうした」

臥雲は隼人の屋敷を訪れたおりに、おりうと会っていた。

「わたしの知り人のもとへ預けた」

隼人は詳しく語らない。

「預けただと。あの女子の亭主がいなくなるのだ。晴れて妾にしたのではないのか」

「あの者はさようなことは望んでおらぬ。あくまで白金屋についていきたいとはっきり言ったのだ」

淡々と隼人は言った。太吉はわずかに首をすくめたが、それでも嬉しげだった。

臥雲は、からりと笑った。

「妙な女子だと思ったが、やはりそうか。おのれの心とは違う道を選ぶか」

「何のことだかわからぬな」

素知らぬ顔で隼人が答えたとき、小屋の戸口から七右衛門が入ってきた。七右衛門の後ろには玄鬼坊がいた。

七右衛門が板敷に上がって座ると、太吉は膝をそろえて頭を下げ、

「ご無沙汰いたしております」

と挨拶した。傍らの臥雲があごをなでながら言葉を添えた。

「七右衛門の読み通りだ。鬼隼人殿は白金屋をおぬしに預けたいらしい。播磨屋が持っていた土地が手土産だそうな」

臥雲の言葉を聞いて、七右衛門はうなずいた隼人に挨拶もせず、太吉に向かって手を差し出した。

「土地の証文は持ってきたか」

底響きする声で言われて、太吉はあわてて懐から油紙に包んだ証文の束を取り出して七右衛門に渡した。

七右衛門は油紙を開いて、証文を一枚一枚、食い入るように見ていった。確かめ終えると太吉に目を向けた。

「播磨屋は随分と銀子を搾り取ったそうだな」

ごまかしを許さない厳しい訊き方だった。

「身代限りとなりました。もはや、わたしにはその土地しか残っておりません」

太吉はあっさりと言った。

七右衛門はうなずいてから口を開いた。

「わかった。それなら、わしがこの土地は買値の五分の一で買ってやろう。そのうえで、おぬしを番頭にして上方での商売をまかせる。それでどうだ」

七右衛門は隼人の意向を聞こうともせず、太吉を睨みつけるように見た。

隼人は何も言わず、ふたりのやり取りを見ている。

太吉は、ほっと息を洩らすと頭を下げた。

「ありがとうございます。このご恩は、生涯忘れません」

七右衛門は、ふんと鼻で笑った。

「ご恩だと。わしに土地を五分の一で買い叩かれて、恩に着るのか」

太吉は、ひたと七右衛門の目を見据えた。

「物の値段はつけるひとしだいで決まります。わたしは行き場を失った男でございます。番頭にしてやるからこの証文をただで渡せと言われても、喜んで差し出すつもりでございました」

ううむ、と七右衛門はうなった。太吉は言葉を続ける。

「それなのに、買値をつけていただきました。まことにありがたいことだと思ったのは本心でございます」

七右衛門は、にやりと笑って隼人に顔を向けた。

「多聞様、この男は、やはり役に立ちそうでございます。よく連れてきてくださいました。お礼を申し上げます」

隼人は皮肉な目を七右衛門に向けた。

「七右衛門殿に礼を言われると、なにやらこそばゆい」

「何をおっしゃいますか。この修験者もなかなか役に立っております。多聞様はひとを見る目がおありだ」

七右衛門は後ろに座っている玄鬼坊を振り向いて言った。玄鬼坊は膝に手をついて、軽く頭を下げた。

隼人は玄鬼坊に目を向けて言葉をかけた。

「七右衛門殿の言われる通りだ。普請に邪魔が入らぬよう努めてくれておると聞いたぞ」

玄鬼坊は厳しい顔のまま口を開いた。

「そのことで、お伝えしておかねばならないことがござる」

「なんだ、申してみよ」

隼人がうながすと、玄鬼坊は声をひそめて言った。

「いまのところ表立った動きはございませんが、近頃、百姓の中には、城下に参り、白木立斎様の屋敷を訪ねる者がいるようです」

「立斎殿の――」

「はい。それがしも立斎様に使われておりましたゆえ察しがつきますが、おそらく百姓たちは、黒菱沼の普請は皆を苦しめるだけで何の役にも立たぬと吹き込まれておりましょう」

隼人は黙って答えなかったが、臥雲が大声で言った。

「あの似非（えせ）学者め。あやつ、本気で一揆を起こさせる気か」

「おそらくは」

隼人は厳しい表情になった。

「とんでもないことだ」

七右衛門が苦い顔でつぶやいた。

臥雲がおかしげに笑って言った。

「そうだな。一揆や打ち壊しとなれば、まず人食い七右衛門の屋敷などはすぐに狙われる。百姓たちが莚旗(むしろばた)を立てて押しかけ、金品や米を奪われるだけでなく焼き討ちにされるかもしれんからな」

隼人は静かに言った。

「百姓たちは年貢に苦しみ、不満を持っている。そんなおりに、家中の重臣の間でも意見が割れておる黒菱沼の埋め立ては、一揆を起こす格好の口実になるだろうな」

玄鬼坊はうなずいた。

「黒菱沼で騒動を起こせば重臣方の間で争いが起きて、一揆側にとって都合がよいと考えるでしょう」

「一揆を起こすとすればいつごろであろうか」

「郡方(こおりかた)の警戒がゆるむ年の瀬あたりかと」

「年の瀬か、まだひと月余りあるな」

隼人が考え込むと、臥雲が何気ない調子で言った。

「しかし、一揆ばかりに気をとられぬ方がよいかもしれぬぞ。鬼隼人殿を葬(ほうむ)ろうと考えておる者たちは、白金屋がやられたように、また別な手を打ってくるかもしれん。おぬしの弱いところを狙うだろう」

「弱いところか――」

隼人はつぶやいた。すると太吉が不安げな表情になって顔を上げた。

「欅屋敷――」

太吉のひと言に、隼人は眉をひそめた。

おりうを預けた知り人とは、欅屋敷の楓だった。

そのころ、欅屋敷では楓とおりうが話していた。

「あなたが来てくださると助かります。子供たちは元気すぎて、わたくしひとりでは手に余っておりましたから」

楓はにこやかに微笑んで言った。おりうは、そうだとよいのですが、と答えながら、離れで子供たちが素読をしている声に耳を傾けた。

先ほど、弟の善太と妹の幸に、きょうからこの屋敷で暮らすとおりうが話すと、ふたりは躍（おど）りあがって喜んだ。

「姉ちゃんがいたら、もう寂しくないっちゃ」

利かん気の強い善太が言うので、おりうはおかしくなった。

「善太は姉ちゃんがいないと寂しかったの」

おりうが訊くと、善太は首を横に振った。

「おれじゃないっちゃ。幸が毎晩、寂しいって泣いてうるさかった」

善太に言われて、幸は恥ずかしそうに笑った。その笑顔を見て、おりうはふたりに寂しい思いをさせてきたのだと胸が詰まった。善太と幸は大きな声で、

「姉ちゃんがきょうから一緒だって、皆に言ってくる」

「皆、喜ぶっちゃ」

と言いながら、縁側を走って離れへ向かった。

やがて離れから子供たちの歓声が聞こえてきた。

欅屋敷では楓が子供たちに手習いを教えるだけでなく、ときに書物の読み聞かせなどもしている。そうするうち、子供たちも自然に素読などをするようになったのだという。

最初、隼人から欅屋敷に行くように言われたときには戸惑ったが、こうして来てみると、ここの他には行くところはなかったと思えた。

隼人のもとを離れるのは寂しいことだが、いずれ太吉が落ち着いたらともに暮らすことになる。

それまでは、ここで子供たちの相手をしていると心が休まると思った。おりうが思

いをめぐらしていると、楓が口を開いた。

「それにしても、あなたがここに来てくださるのは嬉しいことですが、多聞様のお世話をする方がいなくなりますね」

はい、さようです、と答えながらも、おりうは、楓は胸の裡では隼人のそばに女子がいることを望んではいないのではないだろうか、と思った。

なぜ、そんな気がするのかわからないが、おりうが欅屋敷に来たとき、楓は晴々とした顔をしているように思えたのだ。

ふたりの間柄はどういうものなのだろうと、いつも考えていることがおりうの胸に浮かんだ。これからともに暮らすだけに、訊いておいた方がいいのだろうか。そう考えていると、楓は言葉を継いだ。

「あなたが来てくださると助かるというのは本当ですが、何よりも近頃は物騒な気がしていたので、ひとが増えることが嬉しいのです」

「物騒と言われますと?」

おりうは首をかしげて楓を見た。

「あなたを怖がらせてはいけないと思うのですが、近頃、この屋敷は見張られている気がするのです」

楓に言われて、以前、隼人が欅屋敷を訪れた帰りに若侍たちに襲われたことがあったことを思い出した。

「多聞様を狙うひとたちが見張っているのでしょうか」

おりうが恐る恐る訊くと、楓は頭をゆっくりと横に振った。

「いいえ、多聞様はいまではこの屋敷にお見えになりません。そのことは見張っている者たちにもわかっているはずです」

「それでは何のために」

「わかりません。ただ、その者たちは、何かが起きるのを待っているような気がいたします」

何かが起きるという言葉が、おりうの耳に不気味に響いた。おりうは立ち上がると縁側に出た。

冬の空高く伸びた欅を見つめる。隼人はあの欅のように、いまも天の高いところを目指しているのではないだろうか。葉を落として屹立（きつりつ）する欅の姿は、まさに孤高だった。

しかし、それを阻もうとするひとたちがいるのだ。そう思うとおりうは悲しくなった。

楓も立ち上がると、おりうのそばに寄り添った。

空から風がうなる音が聞こえてきた。

十九

羽根城下に、百姓たちが一揆を起こすのではないかという不穏な噂が流れ始めた。一揆になれば城下にまで強訴で押しかけ、富裕な商家を打ち壊すだろう。一度立ち上がった百姓たちは仮借なく破壊を行い、日頃の鬱憤を晴らすのだ。

一揆の噂が真実味を帯びると、城中では藩主兼清も出座して執政会議が行われた。

評定が始まるや、筆頭家老の塩谷勘右衛門が真っ先に槍玉に挙げたのが、隼人が行っている黒菱沼干拓の普請だった。

「百姓どもは黒菱沼の普請に駆り出されるのを嫌っておるそうではないか。なにしろ、大蛇と呼ばれる千々岩臥雲ができそうにもない大がかりな堤の指図を書き、人食いのあだ名がある佐野七右衛門がろくに手間賃も払わずに百姓どもをこき使い、しかもすべてを宰領するのが、かねてから鬼として憎まれている多聞隼人なのだからな」

勘右衛門が苦々しげに言うと、次席家老の飯沢清右衛門が皮肉な笑みを浮かべた。

「昔から黒菱沼は鬼火沼と呼ばれておると聞くが、そのうち、百姓どもの恨みが鬼火となって漂うのではないかな」

郡奉行の石田弥五郎が苛立たしげに口を挟んだ。

「さように呑気なことは言っておられませんぞ。このまま放置すれば、必ずや一揆になりますぞ。城下で打ち壊しなどがあれば、ご公儀から失政として咎められることにもなりかねませぬ」

勘右衛門は大きくうなずいた。

「まさにその通りじゃ。多聞、いかがいたすつもりなのだ」

隼人は無表情に聞いていたが、手をつかえて答えた。

「いかがいたすかとは、どのようなお訊ねでございましょうか」

「決まっておろう。このままでは一揆が起きる。百姓たちの恨みの的(まと)となっておる黒菱沼干拓の普請を続けるかどうかじゃ」

「黒菱沼の普請をやめれば一揆は起きぬと、まことに思われますか」

隼人は淡々と言った。

「なんだと。そなたの耳には百姓たちの怨嗟の声が届いておらぬのか」

勘右衛門は顔を赤くして隼人を睨みつけた。

「なるほど、百姓たちは黒菱沼の普請を厭うております。されど干拓が、いずれ自分たちのためになることもわかっておるはずです。一揆を起こすほどのことではありますまい」

「では、なんのために一揆を起こそうとしておるというのだ」

石田弥五郎が隼人を睨みつけた。

「秋物成の銀納ではございませんか」

隼人が口にすると、執政たちは、ううむ、とうなった。羽根藩では秋の畑作物を銀子で納めさせていたが、三年前からこれを三割増しとしていた。

このため百姓は苦しみ、庄屋を通じて何度も銀納の引き下げを嘆願していた。しかし、藩は、これまで訴えを取り上げさえしてこなかった。

「だが、金はいるのだ。年貢を重くするのはやむを得ぬ。その方もやってきたことではないか」

勘右衛門が、わかりきったことではないかという顔をした。

「それがしは、年貢の取り立ては一年ごとに見直すべきであると考えております。不作のおりには厳しい取り立てかもしれませんが、豊作に際しては、百姓たちにゆとりが出るようにして参ったつもりでございます。されど、秋物成の銀納だけは何のためかも示されずに上げられ、しかもいっこうに見直される気配がございません」

隼人が言い切ると、上段の兼清が、ははは、と笑い声を上げた。

「多聞、そなたも家老のひとりであろう。ならば、さように責め立てるな。ここしばらく、ご老中方への付け届けがかさんでおるのだ。国役（くにやく）を逃れ、さらには名誉あるお役目を将軍家より頂戴するためにはやむを得ぬことだ」

「つまり、殿のため、忠義のため、ということでございますな」

「そういうことだ。いずれの藩でもやっていることだと思うが、そなたは気に入らぬようだな」

兼清は笑いを収めて、隼人をつめたく見据えた。

「いかにもさようでございます。民への憐（あわ）れみの深い名君であられる殿には、似つかわしくないことと存じまする」

隼人が素っ気なく言うと、兼清は厳しい声音で言った。

「そこをよきようにいたすのが、そなたたち執政の役目ではないか。わしは名君であると世間から褒められたいわけではない。さように呼ばれるのは領内が治まっているという証だ。江戸のご老中方もさように思ってくだされるなら、わが家は安泰というものではないか」

兼清の眉間には不機嫌さを示すしわが寄っていた。勘右衛門があわてた様子で口を挟んだ。

「殿の仰せ、まことにごもっともでございます。ご仁慈のほど、われら肝に銘じて務めますれば、不行き届きの段、お許し願いとう存じます」

勘右衛門が兼清に向かって手をつかえ、頭を下げると、ほかの執政たちもこれにならった。

隼人もわずかに遅れて頭を下げた。しかし、隼人の表情は硬く、何事か思いをめぐらしているかのようだった。

兼清は、そんな隼人をじっと見つめている。

翌日――。

隼人は登城せず、庄助を供に朝から黒菱沼に向かった。

鉛色の空が広がっている肌寒い日だった。

百姓一揆の動きがあるとすれば、黒菱沼でも何かが起きているかもしれないと思ったのだ。

曇天の下、黒々とした黒菱沼が見えてきた。

隼人は黒菱沼に着くと、まず沼の周辺の堤を見てまわった。すると、百姓たちが土や石を運んでいる堤のはずれに、臥雲と七右衛門、玄鬼坊が立って話をしているのが見えた。

近づいてみると、隼人に気づいた臥雲が皮肉な笑みを浮かべた。

「ほう、もう気づいたのか。さすがだなと言いたいが、わしらが知ったのも今朝だから、家老殿の耳に入るのは早すぎるな」

「何かあったのでござるか」

隼人が問いかけると、七右衛門が平然とした表情で、

「こちらへ」

と案内した。隼人がついていくと、堤の一部が鍬(くわ)で掘り崩されたのか、土が削(けず)り取られて穴が開いていた。

「百姓たちの仕業(しわざ)であろうか」

「間違いありませんな。今までも二、三カ所やられましたが、段々穴が大きくなっております。そのうち、堤が虫食いだらけのようになってしまうかもしれませんぞ」

七右衛門は、からからと笑った。

「笑いごとではござらぬ。どうやら一揆の噂はまことのようです。一揆が起きれば黒

菱沼の普請場が真っ先に狙われるという意見が、きのうの評定でも出ておりましたぞ」

「さて、そこでございます」

七右衛門は、臥雲と玄鬼坊をちらりと見てから隼人に顔を向けた。

「まずは普請小屋にて相談いたしましょうか」

七右衛門は思いのほか真面目な表情になっていた。やはり、間もなく一揆が起きるのを覚悟して緊張しているようだ。

隼人たちが普請小屋に入ると、太吉がひとり帳面をつけていた。隼人たちが入ってきたのを見て、太吉はあわてて茶の支度をした。

隼人たちは小屋の真ん中で車座になった。四人の中心に、玄鬼坊が懐から取り出した紙を広げて置いた。

黒菱沼から城下への道筋、近くの山々や七右衛門が大庄屋を務める松木村、加佐村、新津村などが書き込まれている。

「百姓たちはすでに主立った者が集まり、一揆について相談をいたしておるようです。このため、それぞれの村の入り口には見張りが立てられております」

玄鬼坊が話すと、隼人は目を鋭くした。

「すでに見張りがな」

「村役人の動きを監視し、郡方が村に入れば報せるためです。もし、隠密に何かを探ろうとして村に入った者がいれば、見つけて殺すのです」

「随分と殺気立っているのだな」

隼人は苦笑した。玄鬼坊は笑わずにうなずいた。

「百姓たちも命がけですからな。一揆を起こして暴れれば気がすむというものではございませぬゆえ。それに、此度は妙な動きもござる」

「ほう。妙な動きとは何だ」

隼人に問われて、玄鬼坊は七右衛門をうかがい見た。

七右衛門は身を乗り出して、

「それはわたしが話しましょう。一揆は恐ろしいものですが、中でもわたしどもにとりましてもっとも恐ろしいのは、以前にも申しあげた藩のご重役とひそかに通じて起きる一揆でございます」

と言った。

「さような一揆が、まことにあるのですか」

隼人は目を瞠った。七右衛門は舌で唇を湿してから話した。

「昔、一度、ございました。その一揆は藩のご重役同士の派閥争いに利用されて城下に乱入いたし、その責めを負わされた郡奉行が切腹されたのです。そして亡くなった郡奉行と争っていた勘定奉行が家老にまでなられました」

「それはどなたでござる」

「先のご家老、飯沢長左衛門様でございます」

七右衛門は目を光らせて言った。

「なるほど、そういうことか」

「いまの家老、塩谷勘右衛門様は、昔から飯沢様の派閥におられた子飼いともいうべき方ですから、飯沢様のやり方を熟知されておられましょう」

「そうでなくとも、飯沢様が教えられるであろうな」

そう続けた隼人に、臥雲が首筋をぽりぽりと掻いて訊いた。

「おぬしは、どうなると見る」

隼人は腕を組んで答えた。

「百姓たちの願いは、秋物成の銀納の額を下げてほしいということであろう。しかし、塩谷様としては、それでは殿の機嫌を損じることになる。それゆえ、百姓たちにわたしを目の敵（かたき）にした一揆を起こさせ、すべての責めをわたしに負わせたうえで銀納をわずかばかり下げて、落とし所にするつもりであろう」

臥雲はあごをなでて、くくっと笑った。

「それでは、わしらも鬼隼人殿の道連れにされるかもしれぬな」

七右衛門が大きくうなずいた。

「その証拠に、わたしが大庄屋をしている松木村と加佐村、新津村には、いまだに一揆の見張りが立っておらぬそうです」

「それはどういうことだ」

臥雲が顔をしかめて訊いた。

玄鬼坊が、ひややかな笑みを浮かべて口を挟んだ。

「おそらく七右衛門殿と関わりのある村は、一揆の仲間からはずされておるのです。一揆は大庄屋である七右衛門殿を狙うのでしょう。その動きを悟らせないため、三つの村だけ仲間にしなかったに相違ありません」

七右衛門が苦い顔をしてつぶやいた。

「本気、ということだな」

隼人はため息をついた。

「七右衛門殿の屋敷が襲われた後、一揆勢はこの黒菱沼に押し寄せるというわけか」

「そうでしょうな。わたしの屋敷とここが打ち壊しにあっても、ご重役方にとっては痛くもかゆくもないでしょうからな」

七右衛門は懐紙を取り出し、大きな音を立てて洟をかんだ。臥雲が七右衛門を皮肉な目で見て口を開いた。

「それで七右衛門、おぬしはどうするつもりなのだ」

「きょうより屋敷に戻り、一揆に備えます」

臥雲は目をそむけて言った。

「なまじ屋敷に戻らぬ方がよいのではないか。おぬしは百姓たちに恨まれておる。屋敷が打ち壊しにあったときに屋敷にいれば、殺されるかもしれぬぞ」

「わたしは百姓衆に恨まれる生き方をしてきました。その恨みを、一度はたっぷり味わってみたい気もするのでございますよ」

七右衛門は、にやりと笑った。

四人に茶を持ってきた太吉が、七右衛門の言葉を聞いて眉をひそめた。顔が青ざめている。隼人は、太吉の顔色がすぐれないのを見て声をかけた。

「どうした。一揆がそれほど恐ろしいか」

太吉は膝を正して座ると隼人に顔を向けた。

「恐ろしゅうございます。ですが、それよりも気になることがございます」

「なんだ」

「わたしは佐野様のもとに参りましてから、一度、おりうを訪ねました」

太吉は、ごくりと唾を飲み込んで言った。

「欅屋敷をか」

隼人は組んでいた腕をほどいて膝の上に置いた。

「はい、さようでございます。そのおり、近頃、欅屋敷を見張る者がいると、おりうが怖がっていたのでございます」

隼人は息を呑んだ。玄鬼坊が膝を乗り出した。

「それも一揆の者たちかもしれません。彼奴(きゃつ)らは多聞様の動向を探っておるのです」

「わたしが欅屋敷を訪れた際に襲おうというのか」

隼人は玄鬼坊に顔を向けた。玄鬼坊は、ゆっくりと頭を横に振った。

「いえ、一揆の者たちは、侍を殺せばどれほどひどい報復を受けるかを知っております。それゆえ、侍ではなく、そのまわりの者を狙います」

「それが欅屋敷の楓とおりうか」

「はい。一揆の者たちは、欅屋敷の女人が多聞様にとって大切な方だと探り当てたのではないでしょうか。されば、一揆で血祭りに上げるのに絶好の獲物だと思ったかもしれません」

玄鬼坊の言葉を聞いて、太吉は顔をひきつらせて震えた。

「そんな、まさか、女子には何の罪もないではありませんか」

臥雲が無慈悲に言った。

「この世は罪のない者ほどひどい目にあうのだ」

隼人は目を閉じて何も言わない。

二十

この日、塩谷勘右衛門は、病床にある飯沢長左衛門を見舞っていた。

長左衛門は先日、兼清から城中に召し出されて以来、体調が思わしくなかった。そのためか、急に思い立って勘右衛門に使いを出して呼んだのだ。

長左衛門は居室で床に横になったまま、勘右衛門と会った。

「お具合が悪いとうかがいましたが、お顔の色はよろしゅうございますぞ」

勘右衛門が見舞いの言葉を述べると、長左衛門はうるさげに手を振った。

「さような世辞はよい。おのれの体はおのれが知っておる。わしはもうじき死ぬ。その前に言っておきたいことがあるゆえ、おぬしを呼んだのだ」

「なんなりと仰せくださいませ」

勘右衛門は、近頃城中では見せたことがない腰の低さで長左衛門に対した。長左衛門は、じろりと勘右衛門を鋭い目で見据えた。

「どうだ。一揆はうまく操れそうか」

「ご安心を。かねてから白木立斎を通じ、百姓の主立った者たちに、多聞隼人を倒せば秋物成の銀納を下げてやると伝えております。百姓たちにとって、恨み重なる多聞を倒し、銀納が安くなるのであれば、願ったりかなったりでございます」

「あの銀納は高すぎた。もともと、どこかで下げねばならぬものだったからな」

長左衛門は苦々しげに言った。

「さようでございます。しかし、何分にも殿がご老中方へ贈る金品の費えが馬鹿にならず、苦肉の策でございました。それだけに、銀納を下げることに殿のお許しがなかなか出ませんでしたが、一揆騒ぎにまでなれば考え直していただけるかと存じます」

勘右衛門はなだめるように言った。

「そうだな、懸案だった銀納を下げて、百姓たちの不満もなくすという一挙両得の策だからな。いや、われらにとっては、目障りな多聞を一揆に倒させるのだから一挙三得じゃ」

長左衛門は、はっはっと笑った。

息が白かった。

勘右衛門も追従笑い(ついしょう)を顔に浮かべたが、ふと口を閉じて長左衛門の言葉を待った。一揆の話をするためだけに長左衛門が自分を呼んだのではない、とわかっていたからだ。しばらくして、長左衛門はゆっくりと言った。

「おぬし、十五年前、殿がお国入りされたおりのことを覚えておるか」

「それがしもお供をいたしておりましたので」

勘右衛門は首をかしげながら答えた。

「そうであった。行列の宰領をしていたのはわしであった」

長左衛門は咳き込んでから話を続けた。

「十五年前に起きたことをおぬしに話しておかねばならぬと思っておった。国境を越える前に殿は馬に乗られた」

「いかにも大名の初めてのお国入りらしい、ご立派なお姿でございました」

勘右衛門はうなずいた。

「まことにそうであった。しかし、殿が乗られてすぐに、なぜか馬が暴れて、街道の端に寄って行列が通り過ぎるのを見送っていた旅の者たちの中に突っ込んでしまった」

「ああ、さようでしたな。飯沢様は後始末のために、一日遅れで国許に入られたのでしたな」

「あのおり、暴れた馬が道端にいた三、四歳の娘を蹄にかけたことを覚えておるか」

長左衛門に言われて、勘右衛門は少し考えてから膝を叩いた。

「思い出しました。確かに幼い娘が馬に蹴られてひどく泣きました。ひどい傷を負ったのではありませんでしたか。それゆえ、飯沢様が後に残られたのでした。あのおり、それがしなどは、殿のお側に仕える者は飯沢様のようにあらねばならぬと思ったものでございました」

追従を口にする勘右衛門を無視して、長左衛門は話を続けた。

「わしはあの娘を近くの茶店まで運ばせ、村の者を呼んで手当をさせた。しかし、打ち所が悪かった。あの日の夜、娘は死んでしもうた。しかも、娘の母親は身重でな。暴れ馬の騒動で地面に倒れ、流産いたした」

「なんと、さようなことでございましたか」

勘右衛門は息を呑んだ。すると、国境を越えようとしていた十五年前のことが目に浮かんだ。

兼清は美々しく飾った鞍を置いた馬に颯爽と乗った。しかし、馬に慣れていなかったものか、ぐい、と手綱を引くと、馬は突然嘶いて棹立ちになった。

兼清は、馬の首にしがみついて振り落とされないようにするのが精一杯だった。

馬は土を蹴立てて、街道端の旅人の間に突っ込んでいった。

すると蹄にかけられたらしく、幼い娘が悲鳴を上げて地面に倒れ、けたたましく泣いたかと思うと、すぐにぐったりとなった。

倒れた娘を父親らしい武士が抱きかかえた。そこまで思い出した勘右衛門は首をひねった。

「そういえば、あの娘の父親は武士だったのではございませぬか」

長左衛門は大きく息を吐いた。

「そうだ。その武士こそ、多聞隼人だ」

勘右衛門は目を見開いた。

「まさか、さようなことが」

「わしは残って後始末をしていたが、娘が死んでしまったので、困ったことになったと思った。しかも母親も流産したのだ。殿の初めてのお国入りに際して、殿の馬が幼い娘を死なせたとあってはあまりに縁起が悪いし、殿のお名に傷がつく」

「まことにさように存じます」

勘右衛門は大きくうなずいた。

長左衛門は横になったまま天井を見上げて話を続ける。

「わしはあのおり、多聞に初めて会うたのだが、事を荒立てぬよう懸命に説いた。見舞金も十分に遣わすと申した。しかし多聞はひどく憤っておった。どうしても収まりそうになかったゆえ、わしも腹を立てて、殿は名君になられるお方だ、名君の名を、たかが娘ひとりの命と引き換えにはできぬと言ってやった」

「ごもっともにございます。お国入りされた殿はまさに名君になられました。飯沢様のお考えは正しかったと存じます」

「わしがそう言った後、多聞めはしばらく黙った。そこで、もし望むならわが藩に仕官させてやってもよい、とまで言った。すると多聞は、殿はまことに名君になられますかと訊いた。それゆえ、わしは断じて間違いないと答えた。多聞めは何と申したと思う」

「わかりませぬ。なおも恨み言を申したのでしょうか」

「いや、殿がまことに名君になられるのならお仕えしたいゆえ、羽根藩に仕官させてほしいと言いおった」

「わが娘の命と仕官を引き換えにしたのでございますか。呆れ果てた男でございますな」

勘右衛門は、いかにも呆れたと言わんばかりに口を大きく開けた。長左衛門は苦々しげに言った。

「初のお国入りをなされた殿のお名を汚すわけにはいかなかった。それゆえ奴を仕官させた。つまり多聞は、娘が死んだおかげで仕官がかなったのだ」

長左衛門は忌々しげに言った。勘右衛門は膝を乗り出して訊いた。

「そういえば、飯沢様の隠居所であったはずの欅屋敷に住む女子を、多聞はしばしば訪れていると耳にいたしましたが、その女子とはもしや――」

「暴れ馬の騒動の際に流産いたした多聞の妻だ」

「その女が、どうしてまた欅屋敷に住むことになったのでございますか」

勘右衛門は、なおも得心がいかないという表情だった。

「わしと多聞は茶店の奥で話しておったが、その間、多聞の妻は隣の板の間で寝ておった。多聞が仕官を求め出すと、無理をして起き出してきて、それだけはやめてくれとすがるようにして多聞に頼んだ。しかし、多聞が頑なに仕官すると言い張ったので、それならば離縁したいと悲しげに言いおった」

「それで欅屋敷に――」

勘右衛門は息を呑んだ。

「殿の馬が蹴り殺した娘の母親だ。そのままにしておけば、いずこかでそのことを話すやもしれぬ。口を封じるためには欅屋敷に置くしかなかった。多聞めは離縁はしたものの、死んだ娘を利用して仕官したのが後ろめたかったのであろう、別れた妻にその後も金を渡し続けておるようだ。欅屋敷の女はその金で孤児を引き取り、養い育てておるらしい。それがせめてもの、多聞へのあてつけなのかもしれぬな」

長左衛門は話し疲れたのか、目を閉じた。

「お話をうかがい、ようわかりました。しかし、多聞めはそこまでして仕官し、出世を果たしたかったのでございますか」

「わしも十五年の間、そう思い、あの男を蔑んできた。家老になりたいとわしのところにまで押しかけて参ったおりには、ひとの心をまったく持たぬ、まさに鬼隼人だと思ったものだ」

「まさにそうではございませんか。それゆえ、あの男は、娘が死んだことを使って、おのれの出世を果たさんとしておるのです」

勘右衛門は顔をしかめて蔑んだ。長左衛門は目を閉じたまま、聞き取り難い声で話を続けた。

「だが、わしは近頃、はたしてそうなのだろうかと思うことがある。あ奴の中には底知れない何かがある。彼奴には出世よりも望んでおることが、ほかに何かあるような気がしてならぬのだ」

「それは買い被りと申すものではございませんか。あの男は出世の亡者でございましょう」

勘右衛門は断言した。長左衛門がかすかにうなずくと、勘右衛門はあたりをうかがってから顔を寄せて、囁くように言った。

「実は、欅屋敷にはいま、多聞の屋敷にいた女中が身を寄せております。この女が多聞の妾ではないかと思い、一揆の者たちに襲うよう唆してございます。されど、欅屋敷の女がさような身の上であれば、屋敷を襲わせるのはやめたほうがよいかもしれませんな。いかが思われますか」

長左衛門は目を閉じたまま返事をしない。

もはや寝たのでないかと思った勘右衛門が頭を下げて立ち上がろうとしたとき、長左衛門は、かっと目を見開いた。

「いや、そのままにしておけ。欅屋敷を襲われた後、多聞めがどうするかを見てみたい。あの男は何かを企んでいるのだ。それも殿にとって、つまりはわが藩にとってよからぬことをだ。初めから多聞は、羽根に災厄をもたらす疫病神(やくびょうがみ)だったのだ」

長左衛門のうわ言のような言葉を、勘右衛門は顔をしかめて聞いた。長左衛門が再び目を閉じると、勘右衛門はほっとしたように頭を下げ、

——失礼つかまつる
と言って立ち上がった。

勘右衛門は障子を開けて縁側に出ると、

「かつては御家を背負って立つほどの切れ者だったおひとだが、やはり年には勝てぬようだ」

とつぶやいた。それに引き比べて、いま筆頭家老である自分はこれ以上ないほど充実していると、あらためて思った。

縁側を歩きながら、欅屋敷を一挨に襲わせてみようと考えをめぐらしていた。

長左衛門が言うように、欅屋敷が襲われたとき、隼人がどのような顔をするかを見てみたいと思った。

勘右衛門は脳裏に隼人の顔を思い浮かべ、ほくそ笑みながら悠然と玄関へ向かった。途中で大きなくしゃみをした。

二十一

おりうは欅屋敷に来てから心楽しく暮らしていた。弟の善太や妹の幸とともにいられるのも嬉しかったが、それだけではなく、元気な子供たちの声が心を満たしてくれていた。

父親が亡くなってから、生きていくことだけに必死だった。太吉の女房になってからも、自分の居場所が本当にはつかめず、心が彷徨(さまよ)っていた気がする。だが、いまはともに暮らす子供たちとともに、明日に向かっていこうとしているのだと心底思えた。

楓もまた、そんな生き方をしているのだろうと思った。だが、毎日、仏壇に手を合わせる姿を見ていると、楓はさらに厳しく自分を律する生き方をしているようにも思えた。

ある夜、子供たちが寝静まったあと、燭台の明かりで繕い物をしていたおりに、おりうは何気なく楓に言った。

「どうしたら楓様のように強くなれるのでしょうか」

楓は微笑して問い返した。

「どうしてわたくしを強いなどと思ったのでしょうか」

「楓様は、いままでこうして、おひとりで子供たちを養い育ててこられました。弱ければできないことだと思います」

「そんなことはないでしょう。子供たちを養うことでしか生きられないのは、やはり弱いからではないでしょうか。強いひとはひとりで生きていけますもの。でも、それだけに、強いひとは寂しいですね」

楓は繕い物の手を止めて、何事か思いをめぐらすように言った。おりうはそんな楓を見つめていると、なぜか隼人のことが思い出された。

「多聞様はお寂しい方なのでしょうか」

ふと隼人の名が口から出たことに、おりうは自分でも驚いた。

太吉が店をたたんだおり、おりうは以前の太吉を見た思いがして、隼人にどうするか問われて太吉についていくと答えた。その気持に変わりはないが、心のどこかに隼人への想いがあるような気がしていた。

思わずうつむいたおりうを、楓はやさしく見つめた。

「あなたは、多聞様のことをいつも思っているのですね」

おりうは、あわてて頭を横に振った。

「そんなことはございません。楓様こそ――」

言いかけたおりうは、ふと、楓が毎日手を合わせている仏壇の亡くなった娘の父親は隼人ではないか、と思った。そう思うと、寄り添って立つ隼人と楓の姿がくっきりと脳裏に浮かんで苦しくなった。

おりうがうつむくと、楓は心配げに声をかけた。

「どうかしましたか」

おりうは顔を上げられなかった。

「なんでもありません。ただ、なんとなく悲しくなってしまいました」

「多聞様のことを考えたからではありませんか」

楓はまた繕い物を始めながら言った。おりうは答えられなかった。自分は太吉と生きていくのだ、隼人は遠いひとだ、と思った。

そして、なぜ隼人と楓が離れることになったのかはわからないが、ふたりはいまもなお、胸の奥底で結びついているに違いないと思えた。

もし隼人が亡くなったとき、魂が戻ってくるのは楓のもとだろう。そう思って楓を見ると、妬ましさよりも深い安堵の思いが湧いてきたのが不思議だった。

(多聞様には帰るべきところがおありになる)

たとえそれが自分のところではないにしても、やはり嬉しかった。そう思うと、おりうは笑顔になることができた。しかし、目には涙が滲む。我知らず泣き笑いをしている自分がおかしかった。

おりうが、くっくっと笑うと、楓は驚いたようにおりうを見つめた。そして、なぜか楓も含み笑いをした。同時に涙を流していた。

自分が思っていることが伝わっている。楓の思いも伝わってくると感じた。

それが嬉しかった。

さらに夜が更けたとき、子供たちが寝ている部屋から泣き声が聞こえてきた。おりうと楓は繕い物を置いて子供たちの部屋に向かった。

部屋の襖を開けると、布団の上で幸が泣いていた。ほかの子供たちの姿が見えない。

おりうは急いで幸のそばに寄って肩を抱くと、

「起きたらひとりきりだったから泣いたのね。もう怖くないよ。ほかの子たちはどうしたの」

とやさしく訊いた。幸は何もわからないらしく、頭を何度も振るだけだった。

「おりうさん」

楓が縁側との間を仕切る障子を開けて、雨戸を指差した。見ると、一尺ほど雨戸が開けられ、月光が差し込んでいた。

「どうしたんでしょう」

おりうは幸を抱いたまま楓に近づいた。

「わかりません。でも、子供たちはここから庭に出たようです」

楓はためらわずに縁側から庭に下りた。

月の光が庭を青白く照らしていた。子供たちの姿は見えなかったが、楓は、

「あそこにいるようです」

と築地塀に目を遣って歩き出した。見ると子供たちが固まっていて、築地塀の上に登ったひとりが外を見ている。

楓とおりうは子供たちの背に近づくと、声をひそめて訊いた。

「皆、何をしているの」

築地塀によじ登って外を見ていた善太が、驚いた様子もなく振り向いて、

善太の言う通り、暗闇の中に赤い火が浮いていた。ひとつではない。ふらふらと浮遊するように、いくつもの鬼火がゆらめいている。

楓とおりうも塀に足を掛けてよじ登り、伸びあがって外を見た。

「鬼火ですって」

と言った。

「鬼火が出ちょる」

おりうは子供たちに、

「皆、よく恐ろしくないわね」

と言った。すると、善太が何でもないことのように、

「初めは怖かったけど、もう五日も続いちょるから。それに、鬼火って、死んだひとの魂なんじゃろ。皆、父ちゃんや母ちゃんが死んじょるから、ひょっとしたら、自分の父ちゃんか母ちゃんかもしれんち思うちょる」

言われてみれば、子供たちにとっては、たとえ鬼火であっても亡くなった父母を思わせるものが来てくれた方が嬉しいのかもしれない。

しかし、楓がおりうの耳もとで囁いた。

「あれは鬼火ではありません。猟師が鉄砲で使う火縄です。火縄を手に持ってまわし

ているから、鬼火のように見えるのです」

「でも、どうして夜中に鉄砲を持った猟師が、あんなにこのあたりをうろついているんでしょうか」

「一揆かもしれません」

楓は落ち着いて言った。

「お百姓の一揆に、猟師が加わっているのですか」

「大がかりな一揆だと、山で暮らす猟師も仲間に引き入れられるそうです。鉄砲があれば、藩の役人も怖くありませんから」

楓は闇の中を動く火を見つめながら言った。

「もう一揆が起きたのでしょうか」

「いまは様子を見ているだけでしょう。それとも――」

楓はしばらく考えてから言った。

「もしかすると、この屋敷を狙っているのかもしれません」

「まさか――」

おりうは息を呑んだ。まわりの子供たちも、鬼火が怪しい者たちによって灯されているらしいと知ってざわめいた。

「この屋敷に多聞様が来られていたことはひとに知られています。一揆が多聞様を狙っているのだとしたら、この屋敷を襲ってくるでしょう」

楓は考えをめぐらしながら言った。

「どうしたらいいのでしょうか」

おりうも心を静めて闇に浮かぶ火を見つめた。

「なまじ逃げても、夜道ですから遠くに行く前に捕まってしまうでしょう。それよりも、この屋敷で異変が起きていることを遠くまで知らせれば、襲わずに引き揚げるのではないでしょうか」

楓がそう言うと、おりうは夜空を見上げて考えた。月光を遮るように大きな欅の枝が伸びている。

「楓様、わかりました。屋敷のまわりにいるひとたちを驚かせる手立てがあります」

おりうは善太に向かって、

「善太は木登りが得意だったよね。あの欅のてっぺんまで登れる?」

と訊いた。

「登れるっちゃ。おれだけでなく、勘太と助松だっていつも登ってるっちゃ」

善太が元気に答えると、おりうは、ついていらっしゃい、と言った。そして皆を引き連れ座敷に戻ると、おりうは何をしようとしているかを楓に話した。

楓はにこりとして答えた。

「それはいいですね。きっと、外にいるひとたちをびっくりさせることができるでしょう」

楓が言うと、子供たちは面白いことが始まりそうだと、わっと歓声を上げた。おりうは、

「皆、静かにして」

と言うと、繕い物の着物や下着を取りにいった。着物や下着を結んでつなぎ、三本の長い紐のようにした。さらに台所に行き、その紐を油の壺にひたした。その間に井戸から水を汲み出して桶に入れ、庭に運んだ。

それを皆で持って庭に下り、欅の根元まで持っていった。おりうは善太と勘太、助松を呼んで、

「これをなるべく高い上の枝に結んできて」

と命じた。善太たちはそれぞれ着物や下着をつなぎ合わせたものを持って、猿のように身軽に欅に登っていった。

布紐を欅の一番上の枝に結びつけた善太たちがするすると降りてくると、楓が根元

にくりつけた着物に火打ち石で火をつけた。

油が染み込んだ布はすぐに燃え上がった。欅の根元から上の枝まで、ゆっくりと炎の蛇が這いあがるように燃えていく。すると欅の枝もしだいに燃え始めた。

屋敷の屋根よりも高い欅が炎に包まれていく。

火の粉が散って屋敷に燃え移らないように、水桶を持っておりうたちは構えた。幸い風がなく、炎は欅に沿って昇っていくだけだった。

築地塀に登って外を見ていた善太が、

「鬼火が消えた」

と叫んだ。

屋敷をうかがっていた一揆の者たちがいなくなったようだ。子供たちが、わっと歓声を上げた。

おりうはほっとして、

「よかったです」

と楓に言った。楓はうなずいた。

「皆で力を合わせて、これからも生きていきましょう」

おりうは夜空を見上げた。

楓や子供たちと力を合わせて身を守れたことが嬉しかった。隼人にこのことを知ってもらいたいと思った。きっと喜んでくれるに違いない。

おりうは胸の中で、そう思っていた。


このとき、欅屋敷の近くの林に隼人と玄鬼坊も潜んでいた。

隼人は玄鬼坊から山の猟師たちに怪しい動きがあることを告げられ、ひそかに楓とおりうや子供たちを守ろうとしていたのだ。

玄鬼坊が感心したようにつぶやいた。

「欅が燃え出したときは心配しましたが、どうやら一揆勢を追い払うための火だったようですな」

「そうらしいな」

隼人はつぶやくと、林を出て歩き始めた。夜道を歩いて黒菱沼に戻るつもりだった。玄鬼坊はその後ろについて歩きながら、

「屋敷には女人と子供しかいないはずなのに、たいしたものです」

としきりに繰り返した。

「まったくその通りだな」

隼人はさりげなく言いながらも、どことなく嬉しげだった。玄鬼坊が隼人の後ろ姿に向かって、

「欅屋敷の女人は多聞様の奥方だという噂がありますが、まことでございますか」

と訊いた。しかし、隼人は何も答えずに歩いていく。

寒々とした月が昇っている。

二十二

欅屋敷が狙われてから数日後、城下に行っていた太吉が黒菱沼の普請小屋にあわただしく帰ってきた。

隼人は七右衛門や臥雲と絵図を見ながら、普請の進み具合について話し合っていた。手拭で足をふいて板敷にあがった太吉は、隼人たちの傍らに座るなり、

「昨夜、城下で打ち壊しがあったそうでございます」

と告げた。隼人は、じろりと太吉を見た。

「まことか。わたしのもとには何の報せも届いておらぬが」

「さようでございますか。しかし、わたしは、この目で確かに見て参りました。城下

の米屋、質屋など八軒が、残らず打ち壊しにあっておりました」

太吉は、青ざめた顔で言った。

「なんでも、夜中に松明(たいまつ)をかかげて鍬や鎌を持った百姓たちが押しかけ、有無を言わさず店を打ち壊したそうで、店の者は路上に追い出され、ただただ震えて見ておったそうです。店は柱を折られ、屋根が傾き、あたりに砕けた瓦や土壁が散乱して、それはひどい有様(ありさま)でございました」

太吉は、思い出すのも恐ろしいと言わんばかりだった。

「火はつけられなかったのだな」

隼人が確かめるように訊くと、太吉は大きくうなずいた。

「城下での打ち壊しの際には、火つけと盗みはしないというのが一揆の定めだそうでございます。昨夜も金は盗まれていなかったそうで、店を壊すと百姓たちは夜明け前に逃げて、役人にひとりも捕まらなかったそうです」

「あやつめ、なかなかやりおる」

七右衛門が笑って言い、おそらく一揆の頭目は新津村の鉄五郎(てつごろう)でございましょう、と続けた。

「その鉄五郎とやらを知っているのですか」

隼人は七右衛門に目を向けた。

「はい。百姓としては怠け者で、時おり城下の賭場にも出入りしておるような荒くれでございます。大男で、村相撲では負けたことがないという力自慢です。一度、村で賭場を開いたときに、下男とともに乗り込んで殴りつけ、簀巻きにして川に放り込んだことがございます」

「そのような者が一揆の頭になるとは珍しいですな」

一揆を統率するのは、日頃から百姓たちの信頼を集め、勤勉で学問の素養もある者であることが多い。

「このままいけばやくざ者になりかねない男ですが、人当たりがよく、頼まれ事は気持よく引き受けるので、村の者からの評判は悪くございません。それだけ狡猾なのかもしれませんが」

七右衛門は嘲るように言った。臥雲がにやにや笑いながら口をはさんだ。

「なるほど、そのような男が一揆の頭となっているとなると、藩の役人も却って手こずるかもしれんな」

七右衛門は渋い顔でうなずいた。

「賭場でやくざ者と何度も喧嘩をいたしておりまして、度胸があり、知恵もまわるしぶとい男です。おそらく、一揆を起こして暴れまわった後は他国に逃げ延び、無宿人となるつもりでしょう」

「やっかいですな」

無頼まがいの鉄五郎という男が一揆の頭ではないかと聞いて、隼人は眉をひそめた。そんな男であれば、家老の塩谷勘右衛門や白木立斎とも手を結びかねない。

城下での打ち壊しにしても、本来なら莚旗を押し立て、富商がいかに不当に儲けているかを訴えたうえで、店を打ち壊す。夜中に店を壊し、明け方には去っていくというのは、まるで夜盗のようではないか。

「ただの一揆だと思っていると、手痛い目にあうかもしれぬな」

隼人はつぶやいて立ち上がった。打ち壊しが起きたからには一刻も早く城に戻り、評定に加わらなければならない。

あるいは勘右衛門は、隼人が普請小屋にいる隙を衝いて何事かを企んでいるのかもしれない。

隼人が出ていこうとすると、七右衛門が呼び止めた。

「多聞様、わたしも村が気になりますので、いったん戻ることにいたします」

そうですか、と隼人はうなずいたが、ふと足を止め、七右衛門をじっと見つめて口を開いた。

「七右衛門殿、そなたとわたしは年も違うし、生きてきた道も違うが、考えておることは同じような気がする」

「ほう、さようにお思いくださっておりましたか」

七右衛門はおどけたように言い、隼人を見つめた。隼人はあっさりとした口調で続けた。

「それゆえか、いつしかわたしは七右衛門殿を友だと思って過ごしておったようでござる」

七右衛門は驚いた顔つきになったが、しばらくしてにやりと笑った。

「鬼隼人様らしくもない仰せじゃ。一揆騒動でうろたえて、焼きがまわったのではございませんかな」

隼人も微笑した。

「まことにそうかもしれませんな」

ゆっくりと背を向けた隼人が出ていくのを、七右衛門は瞬(まばた)きもせずに見送った。

臥雲が傍らで寝そべったまま、

「まるでこの世の終わりのような挨拶であったな」

とつぶやいた。七右衛門は、やっと大きく吐息を洩らし、

「まことにそうですな」

とかすれた声で答えた。

七右衛門の目に薄く涙が滲んでいるのを見て、臥雲は顔をそむけた。

この日の夕刻、城に戻った隼人が御用部屋に行くと、塩谷勘右衛門が白木立斎と話していた。

立斎は閉門が続いているはずだが、と隼人は訝しく思った。勘右衛門は、登城の挨拶をする隼人をつめたい目で見遣った。

「打ち壊しの話は聞いたか」

「黒菱沼の普請小屋に詰めておりましたので、知るのが遅くなりました。面目ないことでございます」

隼人が頭を下げると、勘右衛門は鼻で笑った。

「まあ、おぬしがいたからといって、どうなるものでもない。気にすることはあるまい」

「恐れ入ります」

隼人は再び頭を下げてから、ちらりと立斎を見た。勘右衛門はわざとらしく声を高くした。

「おお、白木殿のことを伝えるのを忘れておった。昨夜の打ち壊しの一件を殿に申し上げたところ、これはかねてから白木が警鐘を鳴らしていたことではないか。ただちに白木の閉門を解き、意見を聞くようにいたせ、と仰せになったのだ」

勘右衛門が傲然として言うのを、隼人は無表情で聞いた。

「さようでしたか。それはよろしゅうございましたな」

隼人が淡々と言うと、立斎は薄笑いを浮かべて口を開いた。

「はて、さように鷹揚(おうよう)に構えておってよいのかな」

「それはいかなることでござるか」

隼人はつめたい目を立斎に向けた。立斎は、くっくっ、と笑ってから言葉を継いだ。

「それがしは、お手前のなした苛斂誅求のために百姓が不満を抱き、いずれ事を起こすのではないか、と説いてきた。いま、まさにその通りになったのだ。聞くところによると、百姓たちは、此度の企ては悪人退治のためであると称しているそうだ」

「ほう、悪人退治でござるか」

隼人は、にやりと笑った。立斎は深々とうなずいた。

「そうだ。百姓の中にも正義を行おうとする者がいるのだ。その者たちが退治しようとしておるのは、すなわちそこもとだ。それゆえ、此度の一揆を鎮めるにはそこもとの首を差し出すのが一番だと、たったいま塩谷様に申し上げたところだ」

勘右衛門が大仰な様子で手を上げ、立斎を制した。

「いやいや、そのような言い方では、さしもの多聞でも驚くでござろう。確かに多聞の首を差し出すのが早道でござろう。しかし、百姓どもに武士が屈するわけにはいかぬし、藩の体面にも関わることゆえさようなことはでき申さぬと、わしは白木殿に申し上げておったのだぞ」

勘右衛門の恩着せがましい言い方にも、隼人は眉ひとつ動かさなかった。

「されば、その件についてはすでにご裁断が下ったようでございますので、それがしの存念を申し上げてもよろしゅうございますか」

隼人が膝を乗り出して話を続けようとすると、立斎が咳払いして口を挟んだ。

「そこもとは、ただいまの塩谷様のお言葉をありがたいとは思わぬのか。それがしは、たとえ塩谷様が何と仰せられようとも自らの考えは変えぬ。あくまでそこもとの首を差し出すがよい、と申し上げているのだぞ」

隼人は、じろりと立斎を睨んだ。

「いらざる口出しは無用に願いたい」

「な、なんと」

隼人のあまりに厳しい物言いに、立斎は目を白黒させた。隼人はさらに立斎を見据えて言葉を重ねた。

「先ほど、一揆は悪人退治のためと言われたが、政は善人面ではでき申さぬ。この世の辛いこと、苦しいことを、あえて口にする悪人でなければ政は一歩も前に進みはいたしませぬ。まことの悪人とは、善人面をして自らは田畑も耕さず口舌によって生きようとする、貴殿がごときお方でござろう」

「ぶ、無礼な――」

立斎は蒼白になった。勘右衛門があわてて間に入る。

「これ、城中でさように殺気立った物言いをいたしてはならぬ。多聞に意見があるのならば、聞こう。申してみよ」

「さればでございます」

隼人は勘右衛門に向き直った。

「百姓たちの困窮の因は秋物成の銀納でございます。一揆を防ぐには、秋物成の銀納の引き下げか廃止を約束いたすしかございません」

勘右衛門は顔をしかめた。

「それでは江戸屋敷での費えがまかなえなくなる。先般も、殿もそう申されたではないか」

「さよう。されば、その金をひねり出すしかございません」

「馬鹿な。そんなことができるものか」

口をゆがめて吐き捨てるように言った勘右衛門の顔を、隼人は黙ってじっと見つめた。勘右衛門は気持が悪くなったらしく、

「なんじゃ、言いたいことがあれば申せ。さように睨みつけるのは無礼であろう」

隼人は頭を下げてから口を開いた。

「先ほど、白木殿はそれがしを悪人であると申されました。一方で、塩谷様こそ善人であると白木殿は思っておられるのでしょう。されば、善人と申すは難局を乗り越える知恵を出さず最初から諦めて、ひとを謗る者のことかと思ったしだいです」

「多聞、雑言(ぞうごん)は許さぬぞ」

勘右衛門は目を剝いた。

「雑言ではございません。それがしが申し上げる策を聞かれず、できぬものと決めて

かかられましたゆえ、善人とはまことに呑気でよろしいものだと感心いたしただけでござる」

隼人は薄く笑った。立斎がこめかみに青筋を立てて、

「礼節を知らぬにもほどがあろう。そこもとは、もはや武士とは言えぬ。無頼の徒と変わらぬぞ」

と甲高い声で罵った。隼人は立斎の顔を見ず、

「秋物成の銀納をやめる代わりに、黒菱沼の干拓で出来る田畑を商人に売って金にいたしましょう」

と言い切った。

「馬鹿な。干拓で田畑が出来るのは何年も先ではないか。それまでの金をどうするのだ」

勘右衛門はうんざりした顔で言った。

「それゆえ、出来上がる田畑を形（かた）として借銀をいたすのです。田畑が出来たおりに売り払って、借財を棒引きにさせるのです。もちろん、五年間は、その新田の年貢は免除することになります」

「そのような話に、どこの商人が乗るというのだ」

「まずは佐野七右衛門殿に話を持って参ります。さすれば、博多の播磨屋なども儲け話に乗って参りましょう。さらには上方商人からも借財できるようにいたします」

隼人は落ち着いて説明した。立斎が苦々しげに口を挟んだ。

「いまだ出来てもおらぬ田畑を形にして借銀するなど、詐術ではないか。武士のすることではあるまい」

隼人は立斎に目を向けて、諭すように言った。

「飯を食わねば生きていけぬということは、武士も百姓も町人も変わりはいたしませぬ。百姓や町人は、泥まみれ汗まみれになって金を手にしております。武士もまた体面を捨て、手を汚して金を得るしかないのではありませんか」

「体面を捨てた者は、もはや武士とは呼ばれぬぞ」

立斎は、ひややかに言ってのけた。

「さようでござるか。して、武士でなければ何でござろう」

「ひとの皮をかぶった化け物だ。いや、そこもとはもともと鬼隼人であったな。これからは、鬼とだけ呼べばよいのであろう」

立斎は嗤った。隼人はうなずいて、

「何とでもお呼びくだされ」

と言った。勘右衛門に顔を向けた隼人は、さらに念を押すように、

「それがしは明日、秋物成の銀納を廃止することを一揆の者どもに伝えまするが、それでよろしゅうございますか」

と訊いた。勘右衛門は喉の奥で、ううむ、とうなったが、否とは言わなかった。隼人は、にやりと笑って、

「一揆のことをおまかせくださり、ありがたく存じます」

と言うと、頭を下げてから立ち上がった。

御用部屋から出ていく隼人の後ろ姿を、勘右衛門と立斎はぼう然と見送った。

二十三

隼人はこの日、屋敷には家士の庄助だけを帰して、自らは欅屋敷に赴いた。

すでに夜になっており、隼人が門前に立って訪いを告げると、おりうが驚いた表情をして出てきた。

「ひさしぶりに話がしたくなったゆえ参ったと、この家の主人に言うてくれぬか」

隼人は何気ない様子で言った。

「ご遠慮なさらずとも、おあがりになられればよろしいと存じますが」

おりうは式台に跪いた。

「いや、そうもいかん。わたしに会いたくないかもしれぬゆえな」

隼人はどことなく寂しげだった。どうしたのだろうと思いながら、おりうはうなずいたあと奥座敷まで行くと、

「多聞様がお見えでございますが、いかがいたしましょうか」

と楓に訊いた。隼人が来たと聞いて、楓は一瞬、緊張した顔つきになった。しばらく考えてから、

「お通ししてください。すぐに参りますゆえ」

と答えた。声音がわずかに震えていた。

おりうは玄関に戻って隼人を客間に案内しながら、なぜか胸がざわめくのを感じた。

これまで、隼人は何度も欅屋敷を訪れている。隼人の様子にも普段と違うところは見受けられない。ひさしぶりに来たからといって気にするほどのことはないではないか、と自分に言い聞かせた。だが、それでもおりうには、隼人が不吉な影を背負っているように思えてしかたがなかった。

隼人を客間に案内して燭台に灯を入れ、茶を持ってきたころ、楓がようやく出てきた。おりうがはっとするほど、楓は美しく化粧を施していた。

隼人と楓が向かい合って座ると、おりうは座をはずそうとした。すると、隼人が声をかけてきた。

「いまから楓殿と話をいたすが、そなたもここにいて聞いておいてはくれぬか」

「いえ、さようなことは――」

おりうは遠慮するように楓を見た。楓は微笑んで言葉を添えた。

「いえ、多聞様はあなたにも聞いてほしいのだと思います。どうかここにいてください」

楓に言われて、おりうは部屋の隅に座り、うつむいた。

ふたりがどのような話をするのだろうと聞きたい思いもあったが、胸に湧いてくるのはなぜか悲しみだった。

「楓殿、いや、今夜だけは昔に戻って、楓と呼ばせてもらおう。そなたには随分と苦しい思いをさせた。すまなく思っている。そのことを告げにきたのだ」

隼人が真っ直ぐに言うと、楓は黙って隼人の顔を見つめた。

「十五年前、わたしはそなたとまだ三歳だった娘弥々を連れて、仕官の道を求めて羽根藩の国境にまで来た。そのおり、殿のお国入りの行列と出会った。どうしたことか、殿の乗馬が暴れ出し、馬術が得手ではない殿は馬の首にしがみつくばかりだった。わたしは暴れ馬を鎮めようと行列に近づいた。ところが、馬はさらに暴れて道端の者たちを蹴散らした。弥々は蹄にかけられ、そなたも倒れた」

隼人の言葉に、楓はそのときのことを思い出すかのように目を閉じた。隼人はなおも淡々と話を続ける。

「弥々は馬に蹴られた怪我で亡くなり、身重だったそなたは生まれる前の子を亡くした。わたしがなまじ馬を鎮めようとなどせずに、そなたたちのそばにおればそんな目にあわなかったであろう」

隼人の話を、おりうは息を呑んで聞いた。

隼人と楓が夫婦だったのではないかとは、以前にも思ったことがあった。

楓の子の父親が隼人ではないかとも考えていた。

しかし、かつて楓が言った、自分の子を隼人が死なせたという言葉の真相が、このような悲劇だったとは思いもよらなかった。

ふたりの過去を聞いて、おりうは胸が詰まる思いだった。殿様が乗った暴れ馬のために、ふたりの行く道が分かれてしまったとは。

「わたしは行列の宰領をしていた飯沢長左衛門様に憤りをぶつけた。すると飯沢様は、新たな藩主である殿は名君となられるお方だ。初のお国入りの際に馬を御せず、幼子を死なせたとあってはお名前に傷がつく。此度のことは何としても内聞にしてくれと言われた。名君である殿の名とそなたの娘の命では、引き比べようもないとも言われた」

黙って聞いていた楓が、隼人を見つめて口を開いた。

「飯沢様のあのお言葉を聞いたとき、わたくしは涙が止まりませんでした。親として娘を助けられなかった申し訳なさだけでなく、娘の命より殿様の名の方が大事だという仰せが悔しくてなりませんでした」

「わたしもそうであった」

隼人は苦しげに言った。楓は膝を乗り出した。

「なれば、なぜ仕官されたのでございますか。あのおりも申しましたが、わたくしは娘の命と引き換えの仕官など、していただきたくはございませんでした」

「わたしには思うところがあったのだ」

「しかしそれを、わたくしにはお話しくださいませんでした。わたくしがあなた様をお恨みいたしたのはそのことです。娘の命と引き換えに出世を望まれる方ではないことは、誰よりもわたくしが存じております。それなのに、なぜ――」

言い募る楓の目から涙があふれてきた。黙っていた隼人は思いを決したように口を開いた。

「わたしは、名君の名よりも、わが娘の命の方が重いことを証(あか)したいと思ったのだ」

「そのために仕官されたと仰せになりますか」

楓は悲しげに目を伏せた。頬を涙が伝う。

「そうだ。わたしの命はそなたと娘のためにあると思っておる。その命をかけて、名君気取りの殿よりもなお、この藩のために役立ってやろうと思った。名君の名などいらざるものだ。大切なのは、日々を生きるひとびとの命だ。そのことを証すことが、ふたりの子供の供養だとわたしは思った」

隼人は淡々と言った。だが、楓は、ゆっくりと頭を振った。

「あなた様がさような心持であろうとは察しておりました。されど、わたくしはどうなるのでございますか。娘は亡くなりましたが、わたくしは生きております。娘の命を大切に思うのはわたくしも同じではありませんか。ならば、ふたりでこの地を離れ、娘の供養をしつつ生きて参ることはできたはずでございます」

隼人は目を閉じて絞り出すように言った。

「わたしは殿が許せなかった」

隼人の言葉におりうは目を瞠った。

家臣として主君を許せないなど、決して口にできない言葉のはずだ。隼人の心中にあるのは何なのだろうと不安に包まれながら、おりうは耳をすました。

「殿様を許せなかったと言われますか？」

楓は、隼人のいかなる表情も見逃すまいとするかのように見つめた。

「そうだ。何より殿は、お国入りの際、馬が暴れて弥々を蹄にかけたことすらすでに忘れておられる」

「まさか、そのような。ひとひとりを死なせておいて……、さようなことは信じられません」

「だからこそ、わたしにはなさねばならぬことがあると思った」

隼人は目を鋭くして言った。楓は震える声で問う。

「何をなさろうというのですか。よもや殿を、弥々の仇と思われているのでございますか」

隼人は答えない。それだけに、おりうには隼人が考えていることが不気味に思えた。

思わず、おりうは膝を乗り出した。

かつての夫婦の会話に口を挟んではならないとわかっていたが、言わずにはいられなかった。

身近に仕えて隼人の心優しさを知るようになっていた。だが、それだけに、隼人は死んだ娘への慈しみの思いから、してはならぬことをしようとしているのではないか。それが何なのかわからないにしろ、止めねばならないとおりうは思った。

「旦那様――」

おりうが言いかけると、楓がぴしりと言った。

「あなたは黙っていてください。これはわたくしが訊かねばならないことです。亡くなった娘とこの世に生まれることができなかった子のためにも」

楓は毅然と顔を上げて、隼人を見つめた。

「昔のあなた様は、さように翳りのあるお顔をされてはおられませんでした。いつも明るく、わたくしや娘をいとおしんでくださいました。ですが、弥々がいなくなってから、あなた様の心には魔が住みついたように思われます。娘の命を名君の名と引き換えにされたことに憤られ、名君よりも藩の役に立とうとされたのであれば、もう十分ではございませんか」

「十分ではない。わたしは、まだ何も証立ててはいないのだ」

隼人はうめくように言った。

「いいえ、弥々の母であるわたくしが娘になり代わって申し上げます。あなた様は娘のことを思い、懸命に生きてこられました。それで十分だと亡き娘も申しています。わたくしには、母としてそれがわかります」

楓は隼人ににじり寄って、膝の手をとった。

「お願いでございます。昔のあなた様に戻ってくださいませ。そして、わたくしとともにこの国を出ましょう」

楓が涙ぐんで言うのを聞いていた隼人が、かすかに笑みを浮かべた。

「この国を出るといって、欅屋敷で預かった子供たちはどうするのだ。領民を勝手に連れ出すわけにはいかぬ。捨てていくというのか」

「それは――」

楓は、はっとしてうつむいた。欅屋敷の子供たちを育てることは楓にとって歓びであり、使命だった。捨て去ることなど考えもつかない。

隼人はやさしい目で楓を見つめた。

「わたしもそなたも、この十五年の間にそれぞれの道を歩んできた。その道を引き返すわけにはいかぬのだ」

楓が何も言えずにいると、おりうが口を開いた。

「さしでがましいとお叱りを覚悟で申し上げます。この欅屋敷には、わたしの弟と妹もおります。楓様が国を出られても、わたしが子供たちを守って参ります。どうぞおふたりは、ともに生きてくださいませ。それがおふたりにはふさわしいのだと存じます」

泣き声になりながら、おりうは訴えた。楓とともに国を出なければ、隼人は死ぬことになるのではないかと恐ろしかった。

隼人になんとしても生きてほしい。娘を失った楓にさらに、かつて夫であった隼人を失う悲しみを味わわせたくなかった。

隼人は透き通った笑みを浮かべた。

「さように言ってくれるのはありがたい。だが、わたしはもはやこの国を出るわけにはいかぬ。おりうには、楓とともに子供たちを守ってやってほしい。さすれば、わたしは心置きなく大願を果たすことができよう」

楓は息を呑んだ。

「大願とは、何でございましょうか」

「言えぬな」

隼人は言い置いて立ち上がった。

「すべてが終わったら、またこの欅屋敷に参ろう。そのおりには、子供たちとも会いたいものだ」

楓はすがるように言った。

「皆、まだ寝てはおりませぬ。お会いになってやってくださいませ。あなた様のお助けがあってこそ、育てることができた子供たちでございます」

「いや、会うまい。わたしは鬼隼人だ。子供たちの中には親をひどい目にあわせた男としてわたしを憎んでおる者もおろう」

隼人は濁りのない口調で言った。楓がせつなげに言葉を重ねた。

「わたくしから子供たちに話します。さすれば、わかってくれるはずでございます」

「それはやめておいたほうがよい。わかってもらおうなどとは思わずに尽くすのが、鬼隼人の志（こころざし）だからな」

隼人はもはやそれ以上は言わず、部屋を出ていった。おりうがあわててあとを追ったが、楓は動こうとはしない。袂（たもと）で顔を覆って静かに泣いていた。あたかも隼人とは、これが今生（こんじょう）の別れだと思っているかのようだった。

玄関に出た隼人はおりうを振り向いた。

「楓と子供たちのことを頼む」

静かな声で隼人から言われて、おりうはうなずいた。

「おまかせくださいませ」

言った後で、もっと隼人に伝えたいことがあるという思いがおりうの胸にあふれた。

「旦那様、どうか大願を成就された暁には、必ずこのお屋敷にお戻りくださいませ。楓様も子供たちもお待ちしています」

言葉を切ったおりうは、楓のことを思えば決して口にしてはならない言葉を胸の中でつぶやいていた。

（わたしも、旦那様をお慕いして待っております）

隼人はうなずいてから、玄関を出て門をくぐった。

すでに夜が更けている。いつの間にか、底冷えする寒さに包まれていた。

真っ暗な空を、ごおっという風の音が響き渡るのをおりうは聞いた。

二十四

七右衛門は、松木村の庄屋屋敷に太吉を供にして帰っていた。

雪が降り出していた。

太吉は屋敷に入って、ひとが少ないことに驚いた。

日頃は下働きの下男や女中、小作人たちがあわただしく働いているのに、いまは閑散としている。屋敷にいる下男や女中たちも、不安げにおどおどとしていた。

七右衛門はそんな様子を見ても眉ひとつ動かさず奥座敷へと入った。太吉は七右衛門とともに奥座敷に入り、用を承ろうとした。だが、七右衛門は、火鉢のそばに座り煙管で煙草を吸いながら、黙ったまま何も言わない。

考え事をしているようだと察した太吉が邪魔をしないように座敷を出ていこうとすると、七右衛門が不意に言った。

「ひとが少なくて驚いたであろう」

はい、とも言えずに太吉は座り直した。七右衛門はかまわずに話を続ける。

「いま屋敷にいる者たちの人数は、日頃の半分ぐらいだな。なぜだかわかるか」

「いえ、わかりません。おかしなことだと思っておりました」

七右衛門は鼻で笑った。

「おそらく一揆がこの庄屋屋敷を襲うのだ。そのことを知った者たちが、こっそり姿を消したというわけだ」

七右衛門の目には憤りの色が浮かんでいた。

「つまり、わしは使用人たちに見捨てられたというわけだ。日頃の恩も忘れおって、不人情な奴らだ」

「もしそうだとしても、踏みとどまっている者もいるではありませんか」

一揆が襲ってくるという話を気味悪く感じながらも、太吉は屋敷にいる者たちのために弁明した。

「残っているのは、行き場がないか、わしに大きな借銀がある者たちだ。もし一揆が来れば、我先に逃げ出すだろう。わしを守ろうなどという感心な者は、ひとりもおるまい」

七右衛門は嘲るように言った後、書斎から紙と筆、硯を持ってきて、墨をするようにと太吉に命じた。

太吉は言われた通りに硯で墨をすった。七右衛門は、太吉が墨をすり終わるのを待って筆と紙をとった。

巻紙に何事かさらさらと認めていく。書き終えた七右衛門はいつも肌身離さず持っている印と印肉の包みを懐から取り出して、書状に黒印を押した。

「これを持って、黒菱沼の普請小屋へ戻れ」

七右衛門は書状を太吉に差し出した。太吉が何気なく見ると、七右衛門が大坂に持っている店を譲ると書いてあった。

「これは――」

太吉は驚いて七右衛門の顔を見つめた。

「一揆が襲ってくれば、この屋敷にある金や証文の類はことごとく持ち去られる。だが、大坂の店まではどうすることもできぬから、おまえにやろうというのだ」

「もったいのうございます。しかし、なぜ、わたしなどに――」

太吉は困惑した顔を七右衛門に向けた。

「どうやら生き延びそうなのは、おまえだけだからだ。せっかく築いた店が、見も知らぬ者の手に渡っては業腹だ。それよりはおまえの方がましというものだ」

七右衛門は、くっくと笑った。

「まさか、旦那様は死ぬおつもりなのでございますか」

　七右衛門は煙管をくわえて、皮肉な目で太吉を見た。

「おまえが城下での一揆を見て帰ってきた日にも言ったが、一揆の頭になっている新津村の鉄五郎という男を、わしはよく知っている。百姓仕事を嫌って大坂へ出たものの数年で戻ってきた。このあたり一帯を縄張りにして博徒（ばくと）の親分になろうと目論（もくろ）んだことがあった。それをわしがつぶして、決して賭場を開かせなかったのだ」

「それはまた、どうしてでございましょうか。博徒など放っておいてもよかったのではございませんか」

　太吉は首をかしげた。

「わしは働きもせずに金をせしめようとする博徒が、何よりも嫌いでな。見ているだけで虫唾（むしず）が走る。だから、あいつが一度、松木村の竹藪（たけやぶ）で賭場を開いたときに下男どもを連れて乗り込んでいき、こっぴどい目にあわせてやった。殴りつけたうえで簀巻きにして、川に放り込んだのだ」

「それはまた、乱暴なことをなさいましたな」

「なに、それぐらいのことをしなければ、博徒のような奴らは懲らしめることができんのだ。しかし、鉄五郎はわしを殺したいほど憎んでいるだろうから、一揆が起きれば、必ず百姓たちを唆してわしを襲ってくる」

七右衛門はきっぱりと言った。太吉は青くなった。

「それがおわかりでしたら、この屋敷にいては危ないではありませんか。ご城下に避難なさらなければいけません」

「城下に行っても打ち壊しにあうだけだ。それに、わしは逃げ隠れはせん。これまでひとに憎まれることはたんとしてきたが、いずれもわしなりの考えがあってのことだ。どうしても許せぬというのであれば殺しにくればよいのだ」

七右衛門は傲然と嘯いた。太吉は額に汗を浮かべて、あらためて手にした書状を見た。

「それで、わたしに店の譲り状を」

「そうだ。此度の一揆では黒菱沼の普請小屋に集まった臥雲殿や玄鬼坊、そして多聞様も命が危うかろう。助かるのはおまえだけかもしれぬ」

「そのような、わたしも皆様とともに――」

太吉が言いかけると、七右衛門はからからと笑った。

「嘘をつくな、嘘を。おまえは皆が死に絶えてもひとりだけ生きたいと思う男だ。それでいいのだ。皆がどのように死んだかを見届けたうえで、生きてたんと金を儲けて店を大きくしろ」

太吉はうなだれて七右衛門の言葉を聞いていたが、やがて顔を上げた。

「正直に申し上げます。わたしは生きたいと思います。わたしはいまだこの世で何もなしておりません。死んでよいのは、皆様のように何事かをなした方だけだと存じます」

太吉がきっぱりと言うと、七右衛門は、

「さすがにうまいことを言う」

と言って、肩をゆすって笑った。そして、

「そうと決まったら、早く立ち退くことだ。夜になれば、いつ一揆が押しかけてくるかわからんぞ」

七右衛門は厳しい表情で言った。太吉が頭を下げて出ていこうとしたとき、七右衛門はそっぽを向いたまま、

「多聞様に会うたら、わしがこう言っていたと伝えてくれ。友だと言っていただけたことはまことに嬉しかった。この年になって、初めて友と出会えた思いがした、とな」

太吉は驚いて七右衛門の顔を見た。七右衛門が真情を吐露するのを初めて聞いたと思った。

それだけに、七右衛門が本当に死を覚悟しているのだと悟って、胸に込み上げるものがあった。だが、何か言っては嘘になると思い、言葉を呑み込んだ。黙って頭を下げると廊下に出て、玄関へ向かった。

屋敷の中はすでにひとの気配がしない。先ほどまでいた者たちも、いつの間にか逃げ出したようだ。

太吉は急いで門をくぐった。

すでに日が落ち、あたりは真っ暗になっていた。

黒々とした山並みに目を遣った太吉は、はっとした。松明ではないかと思える赤い火が、山の中腹に点々と灯っている。

その火がしだいに増えつつ山裾(やますそ)へと向かっている。

——一揆だ

太吉は愕然とした。屋敷の中に駆け戻ろうかと思ったが、七右衛門から黒菱沼の普請小屋にいる者たちが危ないと言われたのを思い出した。

(皆に報せなければ——)

太吉は後ろ髪を引かれる思いで走り出した。

七右衛門が奥座敷にひとり残った庄屋屋敷は、ひっそりと静まり返っている。

いつの間にか雪が積もり始めていた。

黒菱沼の普請小屋では、玄鬼坊がいましがた見回ってきたあたりの様子を報告していた。

「百姓たちは山の神社に集まっておるようです。おそらく神前で結盟の水杯を交わした後、山を下りて一揆を起こすのでしょう」

「狙いはどこかな」

臥雲が緊張した表情で訊いた。

「わかりませんが、一気に城下に押し寄せるのか、それともこの普請小屋を狙ってくるのか、大庄屋の屋敷を襲うか、そのいずれかだと思いますが」

「ふん、奴らの胸三寸というところか」

臥雲はひややかに笑った。

「百姓たちが一揆で何を得ようとしているかでしょう。年貢が重いことへの憂さ晴らしなら、城下での打ち壊しや庄屋屋敷を襲うでしょうが、もし塩谷様と結びついて多聞様を陥れようとしているのなら、真っ先にここが狙われます」

そうか、と腕を組んで考えた臥雲は、しばらくして口を開いた。

「まあ、考えてもいたしかたのないことだ。百姓どもが押しかけてきたなら、黒菱沼の干拓がいずれは皆のためになると話してみるとするか」

のんびりした声で臥雲が言うと、玄鬼坊は苦笑いした。

「とてもそのような話に耳を傾ける百姓はおらぬでしょう」

「そんなものかな」

臥雲は大笑いした。

太吉が普請小屋に駆け込んできたのは、夜が更けたころだった。雪が降りしきっていた。臥雲は文机に向かって指図に筆を入れ、玄鬼坊は黙然と控えていた。

戸口から息を切らして入ってきた太吉は、板敷に置いてあった土瓶をとると口をつけて、ぐびぐびと水を飲んだ。

玄鬼坊がその様子を見て、

「何かあったか」

と声をかけた。太吉はあごに滴る水を手でぬぐって、

「雪が降っているというのに、山で松明の火が動くのが見えました。一揆ではないかと思い、駆け戻ってきましたが、こちらでは何も起きていないのですか」

玄鬼坊は素早く土間に下りると、戸口から外をのぞいた。

「いや、山の中腹に火は見えるが、動く気配はないな。一揆が動いているとすれば別なところだろう」

玄鬼坊に言われて、太吉は上がり框に腰を下ろした。

「それではやっぱり、松木村の庄屋屋敷が襲われているのかもしれません」

太吉がうめくように言うと、臥雲と玄鬼坊は顔を見合わせた。臥雲は立ち上がって太吉のそばに寄り、

「七右衛門の屋敷は襲われそうなのか」

と訊いた。

太吉は真っ青になってうなずいた。

「屋敷の使用人が皆、逃げ出しておりました。七右衛門様は大坂の店の譲り状をわたしにくださり、普請小屋へ行けと言われたのです」

玄鬼坊が目を怒らせて太吉の胸倉を掴んだ。

「きさま、一揆が襲うかもしれぬ庄屋屋敷に七右衛門殿を残してきたというのか」

「七右衛門様がそうすると言われたのです。逃げ隠れはせぬと」

太吉は泣きながら言った。臥雲は大声で笑った。

「七右衛門め、人食いらしくもない意地を張りおって。おのれが生涯かけてなしてき

たことの結末が何なのか、見定めるつもりなのであろう」

太吉から手を離した玄鬼坊が臥雲に目を向けた。

「馬鹿な。誰も守る者がいない庄屋屋敷にひとりでおれば、七右衛門殿は一揆に殺されますぞ」

「覚悟のうえなのだ、あの男は――」

臥雲は立ち上がると、小屋の隅に行って焼酎が入った徳利を手にした。文机の前に座ると、茶碗に焼酎をなみなみと注いだ。

「酒は飲まないのではなかったのですか」

玄鬼坊が訊くと、臥雲は薄く笑った。

「止めるな。七右衛門の弔い酒だ。鬼隼人も文句は言わぬであろう」

臥雲は、ぐいと茶碗をあおった。ごくりと酒を飲んで大きく吐息をついた臥雲は、つぶやくように言った。

「そうか。鬼隼人殿が小屋を出ていく前に、七右衛門を友だと言ったのはこのためか。あやつめ、こうなることを見通しておったな」

「まさか。もしそうなら、ひどいではありませぬか」

玄鬼坊がうめくように言った。別れ際の七右衛門の言葉を思い出した太吉が頭を抱えて、かすれた声で言葉を発した。

「それは違う。多聞様も七右衛門様も、なすべきことのためには命を捨てる覚悟をしておられるのだと思います。きっと、そのときが早いか遅いかの違いだと思っていらっしゃるのです」

臥雲がまた焼酎をあおるように飲んだ。

「そうだな。だとすると、ここにもいずれ一揆が襲ってくるぞ。そのとき、わしらはどうするかだ」

臥雲は、じろりとふたりの顔を見た。玄鬼坊と太吉は何も答えられず、押し黙るばかりだった。

臥雲は、にやりと笑った。

「ここで死ぬのはわしひとりで十分か。さて、鬼隼人殿の死に場所はいずこであろうかな」

ふっふと笑いながら、臥雲はなおも焼酎を飲む。

玄鬼坊が戸口に出てみると、先ほどまで少なかった松明の火が増えている。しかも、しだいに集まって隊列を組むように並んだ。

やがて松明の群れは、山を覆うばかりになった。

玄鬼坊は厳しい声音で告げた。

「奴ら、こちらへ向かうのではありますまいか」

夜空では、風がごおごおとうなるような音を立て始めた。普請小屋にも山から吹き下ろす風で雪が吹きつけてくる。

「なるようになるさ」

臥雲は焼酎をあおった。

玄鬼坊と太吉は、そんな臥雲の様子を不安げに見つめている。

ひゅう、と寂しい風音がした。

二十五

七右衛門の屋敷は、いつの間にか一揆勢に取り囲まれていた。

一揆の百姓たちはいずれも手拭で頬被りして顔を隠し、手には松明と鎌や竹槍を持っていた。

雪が降りしきる中、松明の赤い炎が屋敷のまわりを包囲したとき、ひとりの男が門前に立った。

この男だけは頬被りをしておらず総髪で、野良着に股引姿で腰に荒縄を巻き、長脇差を差していた。

男は大声で怒鳴った。

「七右衛門、おれは新津村の鉄五郎だ。奉公人たちは皆、おまえを見捨てて逃げ散ったぞ。ひとりで震えているのはわかっている。おとなしく出てきて、土下座して命乞いをしろ。そうすれば助かるかもしれんぞ」

鉄五郎が笑うと、まわりの一揆の百姓たちも口を大きく開けて笑った。その笑い声がぴたりと止む。

屋敷の中から姿を現した七右衛門が、ゆっくりと門に向かってきたのだ。

「出てきやがったか」

鉄五郎がうめくような声を洩らした。門に近づいた七右衛門は、黒々と屋敷を取り巻いた一揆勢が目に入らぬかのように、

「鉄五郎か。やはり、無用な情けをかけてはいかんな。あのおり息の根を止めておくべきだった」

と落ち着いた声で言った。

「何を言いやがる」

鉄五郎はせせら笑うと振り向いて、まわりの百姓たちを見回した。

「おい、人食いと呼ばれた七右衛門旦那がいまから命乞いをするぜ。よく見ておいて、孫子の代まで語り草にするんだな」

七右衛門が、ふふっと笑った。

鉄五郎の目がすっと細められ、光を放った。

「何がおかしい。見栄（みえ）を張るのもたいがいにしろ。おれは気が長い方じゃないんでな」

鉄五郎は言うなり長脇差を抜き放った。松明の明かりに、白刃がぎらりと光った。

「わしは命乞いなどせん」

七右衛門は、きっぱりと言い切った。

鉄五郎が長脇差を手に、ゆっくりと七右衛門に近づいた。

「命乞いをするつもりがないのなら、なぜ出てきやがった。本当は助けてもらいたいのだろう」

その言葉を聞いた七右衛門は、うっすらと笑みを浮かべて首を振った。

「いや、違うな。一揆に加わった者たちの顔を見ておこうと思ったのだ」

そう言うと、七右衛門は松明をかかげる百姓たちの顔をじっくりと見回した。百姓たちは思わず顔をそむけた。

　くっくっ、と七右衛門は声に出して笑った。

「なるほど、わしが見知っている顔が何人もおるようだな」

　それを聞いて、気を呑まれたようになっていた鉄五郎が、長脇差を七右衛門の胸に突き付けた。

「きさま、おれたちの顔をあらためておいて、役人に訴えようという肚だろう。そうはさせねえぞ」

　七右衛門は鉄五郎にひややかな目を向けた。

「何を言う。おまえたちはどうせ、わしを殺すつもりなのだろう。ならば顔を知られたくらい、どうということもあるまい。だが、わしの見たところ、おまえたちの中には、身内が病気や怪我をしたおり、わしが見舞金をやり、田畑の仕事に手伝いの者を遣った家の者もおるな。米や薬を与えた者もおるようだ。大雨の土砂崩れで家がつぶれたおり、わしの屋敷に置いてやった者もおる」

　鉄五郎がわめいた。

「何をいまさら恩着せがましいことを言いやがる。きさまが百姓たちから金や田圃を搾り取った人食いだということは、皆知っているんだぞ」

七右衛門は大きくうなずいた。

「その通りだ。わしは、おまえたちから金を搾り取って裕福になってきた男だ。おまえたちにしてやったことも庄屋として当然のことゆえ、恩に着ることなどは無用だ」

「だったら、皆に詫びたらどうだ。ひどいことをいたしました、わたしは人食い七右衛門でございます、とな」

鉄五郎は、今度は七右衛門の首筋に長脇差を突き付けた。七右衛門は、ゆっくりと頭を横に振ってみせた。

「わしは詫びなどせぬ。確かにわしは人食いだが、この世は人食いの世なのだ。武士は百姓を食って生きているではないか。わしは食われるのはいやだから、自分も人食いとなった。それだけのことだ」

七右衛門は平然と言ってのけた。

「人でなしの言い訳じゃねえか」

鉄五郎は嘲笑(あざわら)った。

「そうだ。わしは人でなしかもしれぬ。だが、わしはひとりで戦って、欲しいものを手にしてきた。それなのに、おまえたちはなんだ」

七右衛門は百姓たちを睨みつけて言葉を継いだ。

「一揆を起こすなとは言わぬ。日頃の武士への恨みを晴らしてやればよいのだ。しかし、強い者はひとりで戦うぞ。群れなければ何もできないのは弱い証だ。そのくせ、群れの中にいるときだけ威勢よく強がるのは臆病者だ。そのような者は、まことには仲間のことも思わず、おのれの損得だけで振る舞いを決めるのだ。さような者に惑わされておのれを見失えば、必ず後悔することになるぞ」

七右衛門は声を張り上げて言い募った。まわりを囲んだ百姓たちに怯む色が見えた。

「何を言いやがる」

鉄五郎はひと声わめくや、いったん引いた長脇差を勢いよく突き出した。その切っ先が七右衛門の胸に深々と刺さる。しかし、七右衛門は倒れない。それどころか、七右衛門は長脇差の峰に手をかけて、自ら前に出た。長脇差がさらに、ぐい、と深くその体に入る。

「きさま――」

鉄五郎は青ざめて震えた。

七右衛門はさらにもう一歩、前に出た。長脇差が背中へ突き抜ける。

ひいっ、とうめいて鉄五郎は、長脇差を七右衛門の体から抜こうとした。だが、七右衛門の手が伸びて鉄五郎の手を押さえた。

七右衛門は鉄五郎に顔を近づけ、

「わ、わしが、この世で一番嫌いな者を教えてやろう」

そこで七右衛門はひと息吸い、

「それは、ひとを煽って、おのれの恨みを晴らそうとする、お、おまえのような、男だ」

と絞り出すように言い放つなり、鉄五郎の顔に唾を吐きかけた。鉄五郎の顔に血が混じった唾が飛び散る。

「こ、この野郎――」

震える声でひと声吠えた鉄五郎は、七右衛門を蹴倒して長脇差を引き抜くや、仰向けに倒れた七右衛門に向かってめった斬りに斬りつけた。

七右衛門の体が何度か跳ね上がったが、やがてぴくりとも動かなくなった。

それでも鉄五郎は七右衛門の体に斬りつけることを止めず、返り血で真っ赤に染まり、悪鬼の形相になっていた。

見かねた百姓のひとりが、

「鉄五郎さん、七右衛門はもう死んでいる」

と声をかけると、鉄五郎はようやく長脇差を引いた。地面に横たわる無惨な七右衛門の遺骸を見て、

「ざまをみやがれ」

とかすれた声で言った。そして、はっとしたようにまわりを見回すと、

「何をしている。この屋敷に火をかけろ。火柱が上がるのを合図に、黒菱沼に向から連中も動き出す手はずになっているんだ」

鉄五郎の下知に応じて、百姓たちは門をくぐって屋敷に乱入すると、手にしていた松明を投げつけた。

やがて屋敷のあちらこちらから炎が上がり、白煙がもくもくと夜空に立ち上り始めた。それを見た鉄五郎は、

「よし、引き揚げだ」

と叫んだ。

地面に横たわる七右衛門の遺骸にちらりと目を遣った鉄五郎は、顔をそむけて走り出した。その様は、まるで恐ろしい何ものかに追われて逃げるかのようだった。

七右衛門の屋敷は真っ赤な火に包まれ、立ち上る炎が雪の舞う夜空を焦がした。

黒菱沼の普請小屋では、臥雲が相変わらず焼酎をあおっていた。外の様子を見てきた玄鬼坊が肩の雪を払い落としながら、深刻な表情で告げた。

「一揆がこちらに向かってくる。おそらく七右衛門殿の屋敷が襲われたのだ。奴ら、この普請小屋も焼くつもりですぞ」

臥雲は焼酎をひと口飲んで、ふっとため息をついた。

「屋敷が襲われたのなら、七右衛門はもはや生きておるまいな」

玄鬼坊が頭(かぶり)を振って言った。

「いや、そうとは限りますまい。無事に脱出いたしておるかもしれませんぞ」

臥雲は、ふふっと笑った。

「七右衛門はさようなまともな男ではない。あの男は若いころから世の中に憤り続け、あげくのはてに人食いなどと呼ばれるようになったのだ。おそらく、どうにもならぬ世に腹を立てつつあの世に行ったに違いない」

太吉が泣くような声で言った。

「さようでございましょうか」

臥雲は、ふんと鼻で笑った。

「おぬしは七右衛門から大坂の店を譲られたのであろう。さっさと逃げねば、せっかくもらった譲り状が無駄になってしまうぞ」

　太吉は言われて眉をひそめた。

「確かにその通りでございます。ですから、臥雲様もともに逃げてくださいませ。さもなくば、わたしもここを出ていくことができません」

「妙に義理堅い奴だな。わしは獄におった。その間にこの世への未練は断ち切った。鬼隼人殿のおかげで、ひさしぶりに干拓の普請の指図も書けた。思い残すことはない」

　臥雲は大きく吐息をついた。玄鬼坊が膝を乗り出す。

「されど、普請はまだ出来上がったわけではありませんぞ。あるいは一揆の者どもが堤などを壊してしまうやもしれません。臥雲様のお役目は、まだ終わったわけではございますまい」

　玄鬼坊が懸命に言うと、臥雲はにやりと笑った。

「百姓どもは、なるほど嫌がらせに多少堤を崩すぐらいのことはするだろう。しかし、奴らもこの普請によって田畑が広がり、藩が潤うことは知っておる。自分らが、いま苦しい思いをするのがいやなだけだ。それゆえ、この普請小屋を焼き討ちして気がすめば、本気で堤を壊すようなことはないであろうよ」

「ならばなおのこと、この小屋から立ち退かれるべきではありませんか。そうすれば、あらためて普請の指図を書くこともできるではありませんか」

玄鬼坊が諭すように言うと、臥雲は薄く笑った。

「有体に言えば、わしは疲れたのだ」

「お疲れになられた？」

玄鬼坊は首をかしげて太吉に目を遣った。太吉はここぞとばかりに口を開いた。

「ならば、これを機会にお休みになられたらいかがですか」

「そうだ。休みたい。生きていくことからもな」

臥雲は虚ろな目をして言った。

「臥雲様――」

「さようなことを申されてはなりませぬ」

玄鬼坊と太吉は臥雲の言葉に驚いて声を高くした。臥雲は目を据えて、焼酎が入った茶碗を口もとに運んだ。

玄鬼坊が立ち上がって、きっぱりと言った。

「かようなことをいくら話していても無駄でござる。それがしと太吉で、引きずってでも臥雲様をお連れいたしますぞ」

臥雲は苦笑して手を振った。

「待て待て。引きずっていかれてはかなわぬ。そこまで申すなら、わが足で立っていこう」

言うなり、臥雲はよろよろと立ち上がった。そのまま土間に下りようとして、足を踏みはずして転がった。

「痛い――」

うめく臥雲を太吉が助け起こした。臥雲は素直に立ち上がらせてもらいながら、

「どうせここから逃げ出すなら、いままで書いた指図や測量の道具も持っていこうか。一揆勢に焼かれてもつまらんからな」

玄鬼坊が、承知仕った、と言って床に散乱していた指図を集め出すと、太吉も急いで手伝った。

ふたりがようやく指図と道具を集め終えて振り向くと、土間にいたはずの臥雲の姿がなかった。

「臥雲様――」

玄鬼坊はあわてて土間に飛び降り、戸口から外に出た。雪が吹き込んでくる。しかし、あたりに臥雲らしい人影は見えない。足跡も雪で消されて見えなかった。

指図と道具を抱えて出てきた太吉もまわりを見回しながら、

「どこに行かれたのだろう。先に逃げてくださったのであればよいが」

と心配そうに言った。

「いや、そうではあるまい。われらとはともに行かぬということだろう。どうされるおつもりなのか」

玄鬼坊はうめくように言った。そのとき、太吉が驚きの声を上げて山の方を指差した。

「玄鬼坊殿、一揆勢だ」

山の中腹から松明の火が、まるで不気味な蛇のようにつらなって、しだいに下りてくるのが見えた。

「とうとう、ここへ来るぞ」

玄鬼坊は舌打ちした。

普請小屋のまわりは闇に包まれ雪が降りしきるばかりで、臥雲の行方はわかりようもなかった。

二十六

隼人は翌朝早く、黒菱沼に騎馬でやってきた。

遠くの山々の峰が雪で白くおおわれている。

家士の庄助が徒歩で供をしていた。黒菱沼の普請小屋は無惨に打ち壊され、火をかけられて黒焦げになっていた。

隼人が馬から下りて見てまわると、まだ焼けぼっくいがあるらしく、白い煙が細く立ち上り、焦げた臭いが立ち込めていた。

普請小屋があったあたりに隼人が佇むと、庄助が、

――旦那様
と声をかけた。隼人が振り向くと、庄助が茅の茂みを指差した。茅をかきわけて玄鬼坊が近づいてくる。

「生きておったか」

隼人がつぶやくと、近づいてきた玄鬼坊は頭を下げた。

「申し訳ありません。一揆に襲われて逃げるのが精一杯で、普請小屋を守ることはか

ないませんでした」

「そのようなことはよい。それより、他の者はどうした」

隼人に問われて、玄鬼坊は目を閉じて苦しげに言った。

「太吉はそれがしとともに何とか逃げ延びましたゆえ、欅屋敷の安否を確かめるため向かわせました。臥雲様はわれらが目を離した隙に小屋の外に出られたまま、行方がわかりませぬ。一揆勢に捕らえられたか、あるいは、殺されたかもしれませぬ――」

そうか、とだけ言って、隼人も一瞬目を閉じた。しかし、すぐに目を開いて訊いた。

「松木村の七右衛門殿のことはわからぬか」

「いえ、まだ、何も聞いておりませぬ。ただ、ここに来る前に、一揆勢は松木村の庄屋屋敷を襲ったと思われます」

「七右衛門殿は殺められたであろうか」

隼人は淡々と言った。

「おそらくは」

玄鬼坊は絞り出すように言った。

「一揆の百姓たちは、いまどこにおる」

隼人は常と変わらぬ落ち着いた声で言った。

「山の神社を根城にしておるものと思われます。おそらく夜は打ち壊しに出かけ、昼は藩の兵が押し寄せてくるのを山で迎え撃つつもりでございましょう」

隼人はうなずくと、庄助に顔を向けた。

「わたしはいまから松木村に向かう。そなたはここで、玄鬼坊とともに焼け跡の片付けをいたしておってくれ」

庄助が不安げに訊いた。

「このあたりにはまだ一揆勢が潜んでおります。おひとりで大丈夫でございますか」

「相手は一千人近い一揆勢だ。ひとりでもふたりでも同じことだ」

隼人は笑って言うなり、馬に乗った。馬上の隼人は玄鬼坊を振り向いて、

「もし臥雲殿が現れたら、荒縄ででもひっくくって、どこにも行けぬようにいたせ」

と言った。

「心得てござる」

玄鬼坊が答えると、隼人は馬に鞭を入れた。ちらりと山の白い頂に目を遣って馬を走らせた。

そのころ、城中では、家老たちが郡奉行から一揆の報告を受けていた。閉門を解かれた白木立斎も、筆頭家老の塩谷勘右衛門の許しを得て末席に連なっている。目付と郡方の下役が、昨夜の一揆勢の動きについて述べた。

これを聞いて勘右衛門が、

「つまり、一揆勢は、松木村の庄屋屋敷と黒菱沼の普請小屋を襲っただけで引き揚げたというのだな」

と確かめるように言うと、下役は平伏して答えた。

「さようにございます」

勘右衛門は、ふんと鼻を鳴らすと、手にしていた扇子を膝に突き立てるようにして、

「さて、皆のご意見をうかがおうか」

と言った。郡奉行の石田弥五郎が、顔を赤くして真っ先に口を開いた。

「意見を交わすより、まずは兵を差し向け、一揆勢を鎮圧いたすのが先でございましょう。それから罪科のほどを調べ、首謀者を磔にいたすしかござるまい」

すると、次席家老の飯沢清右衛門が薄笑いを浮かべて言った。

「待て待て。鎮圧するのはたやすいが、百姓どもを殺しては他国への聞こえもある

し、江戸にまで話が伝われば、ご老中方に領国の取り締まり不行き届きととられかねぬぞ」

「なんと。まさか見過ごしにされるおつもりか。大庄屋の佐野七右衛門は一揆に殺められたとのことでございますぞ」

弥五郎がむきになって言うと、末座の立斎が、畏れながら申し上げてよろしゅうございましょうか、と声を上げた。

勘右衛門は申すがよい、とうながした。立斎は膝を正して、

「さればでございます。皆様は、佐野七右衛門が大庄屋でありながら、百姓を搾りたて、人食いなどとあだ名されていたことをご存じでございましょうか」

と問うた。

弥五郎がうんざりした顔で答えた。

「さようなこと、誰もが承知のことではござらぬか」

立斎は大きくうなずいた。

「ならば、百姓どもがかねてより、七右衛門を恨みに思っていたとしても至極当然のことでございましょう。本来ならば百姓たちを保護いたすべき大庄屋でありながら、逆に百姓を搾り、おのが利欲を満たしておった七右衛門が殺されたのは、いわば天罰

とでも申すべきではございませぬか」

　立斎の言葉に、弥五郎は大きく目を見開いた。

「これは驚いた。大庄屋を殺した百姓どもは凶悪にして、無頼と変わりませんぞ。さようなものを寛大に扱えと仰せなのか」

「寛大にとは申しておりませぬ。ただ、百姓どもに仁慈を持った裁きを行うのも、為政者の務めかと存じます」

　清右衛門が皮肉な顔つきで口を挟んだ。

「では、黒菱沼の普請小屋が焼かれた件はどうなのだ。あれこそ、御家が行っている干拓の普請を邪魔いたすもので、不届き至極ではないのか」

　清右衛門がわざとらしく言うと、立斎は待っていたとばかりに声を高くした。

「よくぞお訊ねくださいました。まさに黒菱沼の普請こそ、百姓たちの恨みとなすところでございます」

　清右衛門があごをなでながら、とぼけた口調で言った。

「せっかくの新田開発を、百姓どもが憎むとは不思議なことだな」

　立斎は、わが意を得たりという様子で身を乗り出した。

「まさにさようにございます。そこが肝心なるところで、百姓たちが恨むのは、普請をなす者が鬼隼人と異名をとる多聞隼人殿だからにございます。百姓どもといえども、わけもなく一揆など起こしませぬぞ。此度の騒動は、御家のためを思い、奸悪なる者を除こうとする義心から出ておることではありますまいか。されば一揆ではなく、義民と呼ぶべきではなかろうかと存じます」

立斎が滔々と述べるのを、勘右衛門は感心したように聞いて、

「では、鎮圧の兵を送るのは、今少し様子を見てからにいたせというのだな」

と言った。立斎は深々とうなずいた。

「多聞殿は塩谷様とそれがしに、一揆のことはまかせろと高言を吐かれた。武士がいったん口にしたことを、よもや撤回はされますまい。されば、多聞殿がいかように一揆を鎮めるかを見てから兵を出されても、遅くはないと存じます」

立斎の言葉を聞いて、弥五郎は眉をひそめて、

「多聞め、さようなことを申したのか」

と腹立たしげに言った。清右衛門が、くっくっと笑った。

「黒菱沼に向かった多聞は、まさに飛んで火に入る夏の虫だな。間もなく焼け焦げるであろう」

清右衛門につられるようにして、勘右衛門と立斎も笑い声を上げた。やがて笑い終

えた勘右衛門は、

「どれ、殿にご報告申し上げよう」

と言って立ち上がった。一揆の始末はとりあえず隼人にまかせることにしたと言上しても、兼清の機嫌を損(そこ)ねないことはわかっていた。

兼清は表にこそ出さないが隼人を疎んじているはずだ、と思った。

一揆によって隼人を葬り去れば、いっそう自分の覚えがめでたくなるだろう、と勘右衛門は内心ほくそ笑んだ。

隼人が騎馬で松木村に入ると、庄屋屋敷のまわりに村人たちが集まっていた。

庄屋屋敷は無惨に焼け落ち、見る影もなかった。隼人の馬が敷地内に入ると、村人たちは立ちすくんでいた。

隼人は馬から下りると、

「村役人はおらぬか」

と声をかけた。すると、羽織を着た白髪の男がおどおどした様子で出てきて、村役人の長兵衛(ちょうべえ)でございます、と言った。隼人は鋭い目を向けて、

「わたしは家老の多聞隼人だ。昨夜、何があった」

と問い質した。長兵衛は困惑した顔で答える。

「突然、一揆勢が襲って参りまして、庄屋の七右衛門様を殺し、屋敷に火を放ったのでございます」

「その時、庄屋屋敷には、七右衛門殿のほかに何人いたのだ」

「それが、七右衛門様の言いつけで、奉公人や村の者は皆、屋敷を出ておったということでございます」

長兵衛はうつむいて答えた。隼人は皮肉な笑みを浮かべた。

「なるほど、皆、一揆勢を恐れ、七右衛門殿を見殺しにいたしたか」

「いえ、決してそのような」

長兵衛は口ごもりながら答えた。隼人はそれ以上言わずに、七右衛門殿の遺骸はどこにある、と訊いた。

こちらでございます、と長兵衛が案内したのは、敷地の端にある、そこだけ焼け残った馬小屋だった。藁屋根に雪が積もっている。

馬は火事に驚いて逃げ出したのだろう、一頭もいなかった。

「かようなところに」

隼人は眉をひそめて馬小屋に入った。

屋敷が焼け落ちて、屋根があるのが馬小屋だけだったから、ということかもしれない。しかし、村人たちに七右衛門を大事に思う気持が少しでもあれば、たとえ火災の後であったとしても、もう少し違った場所に遺体を安置しただろう。

七右衛門を取り巻く村人の思いは冷え切っていたのだ、と隼人は思った。

冷え切った土間に敷かれた藁の上に横たわる遺体に、筵が無造作にかけてあるのが見えた。

「まるで、罪人扱いだな」

隼人はつぶやきつつ近寄って、筵をめくった。

七右衛門は、肩先から腹にかけてめった斬りにされて無惨な姿だった。

しかし、なぜか顔には傷がついておらず、頬に血が飛び散っているだけで、穏やかな死顔だった。白い眉、高い鼻、引き締まった口もとは、堂々として威厳を感じさせた。

(これが、人食いと言われた七右衛門殿のまことの顔か)

隼人は目を閉じて手を合わせた。

七右衛門は最期までひとを頼らず、巻き添えにしないで死んでいったのだ、と思った。だが、そんな七右衛門の心を知る者は、村には誰もいないのだろう。

それで構わないと思って生きた七右衛門を潔いと隼人は思った。しばらくして隼人が立ち上がると、長兵衛が寄ってきた。

「実は、今朝方、一揆勢のひとりが村の者に、ご家老様が見えたら伝えるようにと申したそうでございます」

村人に伝言を頼むなど、一揆勢はあまりに傍若無人に振る舞っているようだ。隼人は厳しい表情になって訊いた。

「ほう、何と申したのだ」

長兵衛は怯えた表情で言った。

「はい。何でも千々岩臥雲というひとを捕らえた、返してほしければ山の神社までひとりで来い、とのことだったそうでございます」

「なんと、臥雲殿は生きておるのか」

隼人は顔を輝かせた。

昨夜、臥雲が普請小屋を出てひとり闇の中に消えたと玄鬼坊から聞いて、もはや生きてはいまいと隼人は思っていた。だが、どうやら一揆勢に捕らわれて生きているらしい。

「はい、一揆の者はそう申したそうでございます」

「わかった。いまから臥雲殿を引き取りに参ろう」

隼人はあっさりと言った。長兵衛は目を剝いた。

「神社のまわりには、一揆勢が何百人もおります。おひとりで行かれては、とても生きて戻れぬと存じますが」

「行ってみねばわかるまい」

七右衛門を菩提寺に丁寧に葬るように厳しく命じると、隼人は馬小屋を出て、神社がある山に目を向けた。雪を被った木々の間から莚旗がのぞいている。

山そのものが殺気立っているようだった。

隼人は馬に近づくと、ひらりと乗った。手綱を手に馬の腹を蹴ると、まわりにいた村人たちが関わりになるのを恐れるかのごとく退いた。

隼人が乗った馬は蹄の音を立てて駆け出した。

雪が舞っていた。

二十七

昨夜、普請小屋をひとりで出た臥雲は、すぐに闇に紛れて歩き出した。雪が降る中、茅をかきわけ、堤に登りながら、一揆勢が来れば殺されるだろうと思っていた。

（それでよい。わしなど、もはや死んでもよい）

臥雲は胸の中でつぶやきながら、酔った足取りでふらふらと堤の上を歩いていった。

山に目を遣ると、赤い松明の火がゆっくりと動き出し、麓へ近づいていた。おそらく、真っ直ぐ普請小屋に近づいてくるのだろう。

――馬鹿者どもめ
臥雲は胸の中でつぶやいた。黒菱沼干拓の普請は五年や十年はかかるだろう。その歳月が待ち切れないのだ。

（なぜ、待てぬのだ。たったいまの苦しさが、それほど辛いか）

臥雲は歩きながら唾を吐き捨てた。

きょうの辛さが我慢できないという百姓の気持がわからないではない。しかし、所詮、この世は苦しみだけなのだ、と臥雲は思っていた。

臥雲は歩きながら怒鳴った。

「たとえおのれが苦しくとも、子や孫を楽にするために生きようと、なぜ思わぬ」

すると、その声に応じるかのように、堤の上に人影がばらばらっと出てきた。

臥雲は人影を睨み据えた。

「一揆の先駆けの者たちか」

松明を持った一揆勢は、あえてひと目につく動きをしているのだ。その一揆勢とは別に、様子を探るために闇の中を走って普請小屋に近づこうとしている者たちがいたのだ。

「なるほどな。しかし、それだけ知恵が回るなら、黒菱沼の干拓が成ったときのことを思い浮かべてみろ」

臥雲が毒づくように言うと、人影のひとりが、

「何を言ってやがる。おれたちは、きょうの飯も食いかねているのだ。放っといたら子供だって死んじまう。きょうという日が生きられるかどうかわからない者が、なんでそんな先のことを考えなくちゃならねえんだ」

と吐き捨てるように言った。臥雲は大きく吐息をついた。

「そうか。ひとは目の前の苦しさから逃れることはできぬ生き物だということか」

「ああ、そうとも」

人影は、ゆっくりと臥雲に近づいてくる。

臥雲は夜空を見上げて大声で笑った。

次の瞬間、臥雲は気を失って地面に倒れた。臥雲に近づいた男が、いきなり棒で頭を殴りつけたのだ。

気がついたとき、臥雲は山の神社の境内(けいだい)で大楠(おおくす)に荒縄で縛りつけられていた。すでに朝になっていた。

臥雲はあたりにいる一揆の男たちに向かって、

「おい、腹が減ったぞ。飯を持ってこい」

と怒鳴った。だが、男たちは嗤って、

「おまえに食わせる食い物なんかねえ」

と答えただけだった。しかし、しばらくすると別な男が口を開いた。

「もうじき、鬼隼人がおまえを迎えにくる。そうしたら、あの世行きだ。もう腹が減る心配はしなくてもよくなるさ」

「なんだと。多聞隼人がわしを助けにくるというのか」

「そういうことだ」

男たちは笑いながら言った。臥雲は声を張り上げた。

「馬鹿を申すな。あの鬼隼人がわしを助けになどくるものか。捨て置くに決まっておる」

だが、一揆の男たちは、もう臥雲の言葉に耳を貸そうとはしなかった。臥雲は舌打ちしながら、隼人はおそらく助けにくるだろうと思っていた。

（なんということだ。あの男を巻き込んでしまうことになるとは）

臥雲は苦しげな顔をさらにゆがめた。


そのころ、山の麓に着いた隼人は馬を下り、林の中に馬をつなぐと神社への階段を上がり始めた。

牡丹雪が石段に積もっている。

見張りに立っていた一揆勢の百姓たちの何人かが、本当にたったひとりでやってきた隼人の姿を見て、神社に向かって駆け上がっていった。

他の者たちも竹槍を構えて、隼人を鋭い目で睨みつけた。

隼人は雪で滑らぬように石段を踏みしめて、ゆっくりと上がっていく。やがて石段を上り詰めるところまで来たとき、不意に石段の上に男が立った。

総髪で、腰に巻いた荒縄に長脇差を差している。にやりと笑って隼人は声をかけた。

「新津村の鉄五郎か」

鉄五郎は、ひややかに隼人を見据えてうなずいた。

「そうだ。おまえが鬼隼人か」

隼人は答えず、石段を上り切って鉄五郎と向かい合った。

雪が激しく降り出した。

「千々岩臥雲殿はどこだ」

隼人が高飛車に訊くと、鉄五郎は気圧されたように境内の大楠を指差した。その根元に臥雲が縛られていた。

「よかった」

隼人はそうつぶやくと、臥雲に向かって歩き出した。鉄五郎があわてて大声を出した。

「おい、待て。おまえは鬼隼人かと訊いたはずだぞ」

「わたしはさような名ではない」

隼人は振り返りもせずに言うと、そのまま臥雲に近づき、

「臥雲殿、迎えに参った」

と告げた。臥雲はそっぽを向いて、

「よけいなお世話だ」

と嘯いた。だが、隼人は脇差を抜きながら、

「七右衛門殿は一揆に殺された。臥雲殿の我儘(わがまま)を聞いている暇はないのだ」

と言った。七右衛門が殺されたと聞かされて、さすがに臥雲は粛然(しゅくぜん)となった。隼人は脇差で手早く臥雲を縛っていた荒縄を切った。

まわりの男たちがそれを見ていきり立った。

「こいつ、逃げるつもりだぞ」

「逃がすな。ぶっ殺せ」

「ふざけやがって」

境内を押し包むように数を増してくる百姓たちが、竹槍や鎌を手に詰め寄ろうとした。そんな男たちを押しのけて、

「待て待て、おれにまかせろ」

と言いながら、鉄五郎が出てきた。

周囲を埋めつくした一揆勢を恐れる風もなく見回したあと、隼人は脇差を鞘に納めてから鉄五郎に顔を向けて口を開いた。

「わたしは羽根藩家老、多聞隼人である。鬼隼人などという名ではない。きょうはおぬしらと話したいことがあって参った。囚(とら)われておった者は、話がついたおりに引き

出物として連れて帰る。さよう心得よ」

　隼人に見据えられた鉄五郎は、虚勢を張るように笑った。

「なるほど、鬼隼人というのは噂通り、手前勝手だな。おれたちは命がけで一揆を起こしたんだ。生半可な話が通じると思うなよ」

　隼人は、ひややかに鉄五郎を見つめた。

「話の前に訊いておく。昨夜、松木村で庄屋の七右衛門殿が殺された。遺骸をあらためたところ、鎌や竹槍の傷ではなかった。おそらくなまくらな長脇差での傷だ。七右衛門殿を斬ったのはおぬしか」

　その言葉に青ざめながらも、鉄五郎は唇を舌で湿し、

「そうだ。おれが、あの人食い七右衛門を斬った。それがどうした」

「七右衛門殿は、おそらく胸の刺し傷で絶命していたであろう。それなのに、めった斬りにした痕があった。死んだ者の体を傷つけるのは鬼畜の所業だ」

　隼人は蔑むように鉄五郎を見た。

「何を言う。鬼畜はあの野郎だ。おれはあいつに苦しめられた者たちに代わって仕返しをしてやったのだ」

　鉄五郎は顔を真っ赤にすると、まわりの男たちに向かって、

「もうこいつの話など聞かねえでいい。やっちまえ」

と怒鳴った。雪が吹き荒ぶ中、隼人はさらに数を増して人の渦のようになった一揆勢をゆっくり見回していたかと思うと、ひと息吸い込むや、

「動くな」

と一喝した。それだけで、男たちの動きが止まった。それを見て隼人は、

「わたしの話というのは、秋物成の銀納のことだ。一揆を起こすまでに追い詰められたそなたたちの苦しさはよくわかった。よって秋物成の銀納は廃止いたす。それゆえ、ただちに一揆を止めて村に戻れ。さすれば罪には問わぬ」

ときっぱり言ってのけた。鉄五郎があわてて叫んだ。

「嘘だ。そんなことは信じられねえ。一揆を止めれば、銀納を止めるなんて話は消えて、皆、磔になるだけだぞ」

隼人は鉄五郎に向き直って笑った。

「まだ一揆を続けるならば、藩の兵が押し寄せて、そなたたちや親兄弟を皆殺しにするぞ。そうなりたくなければわたしの言うことを信じろ」

隼人が諭すように言うと、男たちの間には動揺が走った。顔を見合わせ、ひそひそと言葉を交わし合う。

鉄五郎はそんな様子を見て声を高くした。

「嘘だ嘘だ。こいつの言っていることは皆、嘘に決まっている。おれは白木立斎様という学者様から、確かにこの耳で聞いたんだ。鬼隼人の普請をつぶせば一揆の罪も問われないって、塩谷ご家老様が言ってなさるってな」

鉄五郎の叫びを聞いて、まわりの男たちは戸惑ったように顔を見合わせた。中のひとりが、

「鉄五郎さん、ご家老様が言ったっていうのはどういうことなんだ。わしらは聞いていないぞ」

と言った。他の男たちも、

「ご家老様の言いつけで、おれたちは動いていたのか」

「それで、お咎めがないっていうのか」

「銀納がなくなるならそれでいいじゃねえか」

と訝しげな声が相次いだ。

鉄五郎は額に汗を浮かべて、

「そうじゃねえ。そうじゃねえんだ」

と言うだけだった。

隼人はよく通る声で言った。

「そなたたちの銀納廃止の願いは間違いなくわたしが聞き届けた。だが、それをかなえるためには、わたしを生きて帰すことだ。仮にも藩の家老である者を殺しておきながら、咎めがないなどという虚言を信じてはならぬ。家老であるわたしがここで約したからには、武士に二言(にごん)はない。藩としては銀納を止めるしかないのだ。そのためには、まずわたしを生きて帰すことだ」

隼人の言葉を聞いて、まわりを取り囲んでいた男たちが少しずつ後退り(あとじさ)始めた。やがて石段への道が開けたのを見て、隼人は臥雲を振り向いた。

「臥雲殿、話はついたようだ。帰るといたそう」

臥雲は立ち上がって、頭を振った。

「おぬしはまさに鬼隼人だな。かような地獄の底からも脱け出すとはな」

「さて、まことに脱け出せるかどうかは、これからですぞ」

隼人は鉄五郎に顔を向けた。

「一揆の話はついたようだ。しかし、七右衛門殿が殺された一件については、まだ決着がついておらん」

「なんだと」

鉄五郎は、ぎょっとした顔になった。

「一揆の願いは聞き届けるが、それと七右衛門殿が殺された件は別だと申しているのだ」

「あれは、一揆でやったことだ」

鉄五郎は長脇差の柄に手をかけて、後退りしながら言った。

「おまえは先ほど、そうは言わなかったぞ。七右衛門殿を恨んでいる者たちになり代わって、おまえが斬ったのだと言ったではないか」

「そ、それが一揆ってもんだ」

鉄五郎は蒼白になっていた。足がぶるぶると震えている。

「違うな。七右衛門殿は亡くなるときに何と言われた」

隼人は、ゆっくりと鉄五郎に近づいた。

鉄五郎は目をぎらつかせて長脇差の鯉口を切った。

「七右衛門は、おれのような男が嫌いだと言いやがった」

「そうだろう。わたしも嫌いだ」

鉄五郎が長脇差を抜こうとした瞬間、隼人は踏み込んだかと思うと、目にも留まらぬ速さで抜刀し、袈裟懸け（けさが）けに斬りつけた。

鉄五郎の体が弾かれたように飛んだ。その首筋から血が迸った。

鉄五郎は仰向けにどうと倒れた。すでに絶命していた。

地面の雪に赤い血が染み渡っていく。それを見たまわりの男たちがざわめくと、隼人は叫んだ。

「静まれ――」

隼人は刀を構えたまま、

「これは、七右衛門殿殺しの下手人を成敗しただけである。一揆の者たちとは関わりないことだ。それに納得がいかぬという者は、いますぐわたしの前に出ろ」

と気迫のこもった言葉を発した。一揆の男たちは口を閉ざし、静まった。その様子を見定めて、隼人は刀を鞘に納めた。

臥雲が近づいてきてつぶやいた。

「やはり、おぬしは鬼隼人だ」

隼人の髷や肩先は、雪で白くなっていた。

二十八

隼人は一揆を煽っていた鉄五郎を斬って臥雲を救出した後、いったん黒菱沼の普請小屋跡に戻った。

雪は止んでいた。

臥雲は焼け落ちた普請小屋を眺め回していたが、やがて倒れた柱に腰を下ろした。

隼人は庄助と玄鬼坊に臥雲を預け、

「臥雲殿とともに欅屋敷に参り、一揆騒ぎが落ち着くまでひそんでおれ」

と命じた。庄助は、承知しながらも訝しげに訊いた。

「一揆を鎮めるために、旦那様とともに働かねばならぬと思っておりましたが」

隼人はうなずいてから、ゆっくりと答えた。

「一揆の頭目の鉄五郎は斬った。秋物成の銀納を止めることを殿にお許しいただければ、一揆は鎮まる。だが、これがひと仕事だ」

これからに思いを巡らすかのように、いったん口を結び黒菱沼を見晴(みは)るかした隼人は、今度は何かを思い出すような表情を浮かべた後、口を開いた。

「わが大願が成就するまで、そなたたちには欅屋敷の女子供を守ってもらいたいのだ」

「大願成就とは、何をなそうとされているのでござるか」

玄鬼坊が目を光らせて訊いた。

しかし、玄鬼坊には目を向けず、真っ直ぐ前を向いたまま、

「いずれわかるであろう」

とだけ返した隼人が近くの木につないでいた馬に乗ろうとすると、臥雲が声をかけた。

「鬼隼人よ、まさか死ぬつもりではあるまいな」

隼人は黙したまま振り向かずに馬に乗った。そして、馬上から臥雲に笑いかけた。

「なぜ、さようなことを言われるのだ」

「七右衛門は、此度の一揆でも、助かろうと思えば助かる命を落とした。あの男は自ら定めた生き方から逃げることをよしとせず、死を選んだのだろう。鬼隼人は人食い七右衛門と同じだ。おのれの生き方を曲げぬゆえ、命を捨てるつもりではないかと案ずるのだ」

臥雲は馬上の隼人を睨んで言った。庄助が驚いて訊いた。

「旦那様、まことにさようなお考えなのでしょうか。だとしたら、わたしに供をお命じくだされ。いや、来るなと申されても、ついてまいりますぞ」

隼人は薄い笑みを浮かべて、ゆっくりと頭を横に振った。

「臥雲殿、それに庄助、早合点いたすな。わたしは七右衛門殿よりだいぶ若い。そう早く死ぬつもりはない」

そう言うと、隼人は馬腹を蹴った。

遠ざかる隼人の後ろ姿を見ながら、臥雲は舌打ちした。玄鬼坊が臥雲に向かって、

「臥雲様、まことに多聞様は死を決しておられるのでしょうか」

「わしにはそう思える。七右衛門と鬼隼人の生き方はどこか似ておる。わしはさような生き方を持たぬゆえ、かように生きておる。それでも、ふたりが求めておったものは、何とのうわかる気がする」

庄助が身を乗り出して訊いた。

「それは何でございましょうか」

「言うても始まらぬ。いかほどに願おうともなしとげられぬものだからな。それをなしたいと思ったがゆえにふたりは、人食いや鬼などと誹られ、憎まれたのだ」

臥雲はため息まじりに言った。

「臥雲様は違うのでございますか」

と庄助が問うと、違うなあ、と臥雲はつぶやいた。それを聞いていた玄鬼坊はしばらく考え込んだが、やがて迷いを振り切るように、

「さあ、多聞様のお言いつけにしたがい、欅屋敷へと参りましょう。どうやら、われらにできるのはそれだけのようですから」

と言った。庄助がうなずき、臥雲は立ち上がるなり大きく背伸びをした。そして、空を見上げながら、

「おお、雲行きが怪しい。また、雪になるのではないか」

とつぶやいた。歩き出した臥雲は、

　風蕭々として易水寒し
　壮士ひとたび去って復た還らず

と吟じた。中国、戦国時代の刺客である荊軻が詠じた詩句だ。

当時、強国の秦に圧迫されていた燕の太子・丹は、剣の達人である荊軻に秦王・政

の暗殺を依頼する。

義によって暗殺を引き受け秦に向かう荊軻は、易水のほとりで太子らとの別れに際して、この寂しい風が吹く易水を渡ったならば命を賭して秦王を討ち、二度と帰ってこないだろう、と覚悟のほどを示した。

言葉通り、荊軻は秦王に拝謁(はいえつ)して隠し持っていた匕首(あいくち)で襲いかかった。だが、暗殺に失敗して戻ることはなかった。荊軻の悲壮な覚悟のほどが偲(しの)ばれる詩句だ。

臥雲の声は空に立ち上っていく。

玄鬼坊と庄助は、粛然とした思いで歩いていく。

遠雷の響きが聞こえてきた。

城下に戻った隼人は羽織袴姿で登城した。

評定の間に行くと、家老の塩谷勘右衛門や飯沢清右衛門、郡奉行の石田弥五郎、そして白木立斎らが何事か話していた。

隼人は勘右衛門と向かい合って座るなり、手をつかえて、

「塩谷様、鉄五郎なる一揆の頭目はそれがしが斬り捨ててございます。さらに、秋物成の銀納を止めると一揆の者どもに約して参りました。殿にお取り次ぎを願います。

秋物成の銀納を廃止いたせば、ただちに一揆は鎮まりましょう」

と告げた。隼人が鉄五郎を斬ったと聞いて、勘右衛門は顔をしかめた。

「一揆の頭目を斬っただと。その鉄五郎なる者が、一揆の頭目であるという証拠でもあったのか。そもそも、殿のお許しもなく領民を成敗いたすとは、随分と出過ぎた真似ではないか。だいたい、さようなことで一揆が鎮まるとはとても思えん。殿へ取り次ぐなどできぬ相談じゃ」

勘右衛門のつめたい言い方にも、隼人は表情を変えなかった。

「すでに一揆鎮圧のことはそれがしにおまかせくだされたはず。殿へのお取り次ぎはしていただかねば、筋が通りませぬ」

勘右衛門が苦り切って何か言おうとしたとき、立斎が口を開いた。

「塩谷様、多聞殿の申される通りにされたらいかがでございまするか。さような勝手な振る舞いを、殿がお許しになるとは思えませぬ。とどのつまり、領民を手にかけた咎で切腹を命じられるだけのことでございましょうから」

隼人はちらりと立斎に目を遣ったが、何も言わない。勘右衛門は大きな咳払いをしてから、

「なるほどな。それも一理ある」

とつぶやき、隼人に蔑むような目を向けた。

「どうだ。立斎殿の申す通り、殿は決してお許しにならぬぞ。それでもよければお目通りいたすがよい」

隼人は手をつかえて頭を下げた。

「かたじけのうござる。お咎めあるは覚悟の上。しかしながら殿は、名君との評判を得ておられるお方でございます。必ずや、それがしの申し条をお聞き届けくださると存じます」

自信ありげな隼人の口振りに、勘右衛門は戸惑いの表情を浮かべて立斎を見た。立斎は黙って頭を縦に振った。

やむなく勘右衛門は立ち上がって、

「殿の御座所に参る。ついてくるがよい」

と言った。隼人は薄く笑うと、立斎に丁寧に頭を下げた後、立ち上がった。

勘右衛門と隼人が評定の間を出て御座所に向かうのを、立斎は眉根を寄せた険しい顔つきで見送った。

勘右衛門は御座所の前の廊下に来ると跪き、控えの間の小姓に、と告げた。小姓は頭を下げて御座所に入り、すぐに戻ってきた。

「お入りくださいませ」

小姓に導かれながら勘右衛門と隼人は御座所に入った。藩主兼清は何通かの書状に目を通しているところだった。

勘右衛門と隼人がかしこまると、兼清はゆったりとした様子で書状から目を上げた。

「いかがいたした。一揆は鎮まったのか」

兼清の問いに、勘右衛門は頭を下げてから言上した。

「その件でございまするが、多聞隼人が一揆の頭目であるという百姓をひとり斬り捨てたそうでございます。さらに、秋物成の銀納を廃止すると、百姓どもに約して参ったとのことでございます。その者が頭目であるという証拠はなく、秋物成の銀納廃止を一家老の身で勝手に約すなど、いずれも殿のご威光を汚す、不届きな振る舞いであると厳しく叱りおきました。されど多聞めは、お咎め覚悟の上で、殿にお目通り願いたいと申しましたゆえ、いたしかたなく連れて参ったしだいにございます」

兼清は笑みを浮かべてうなずいた。

「さようか。なるほど、何の証拠もなく詮議もせずに領民を殺めたとあれば、多聞には切腹を申し付けるほかない。しかし、多聞にも言い分はあろう。それは聞いてやらねばなるまいのう」

鷹揚に構える兼清に再び頭を下げてから、勘右衛門は隼人に顔を向けた。

「殿の寛大なる仰せである。申すところがあれば、言上いたせ」

手をつかえ、頭を下げていた隼人はゆっくりと顔を上げた。だが、黙ったまま兼清を見つめるばかりだった。

傲然とした隼人の様に、早くも鷹揚さが消えた兼清は眉をひそめた。勘右衛門はあわてて言葉を添えた。

「これ、多聞、何をいたしておる。早(はよ)う言上せぬか。殿に対し、無礼であろう」

叱責する勘右衛門の言葉を受け流すかのように、隼人はゆっくりと口を開いた。

「殿におかれては、それがしを何者だと思し召されておられましょうか」

兼清は不快げに口をへの字に結んだが、やがて思い直したのか、

「わが家臣である」

と言葉少なに言った。隼人は薄く笑った。

「さようにございます。その家臣が、御家のために一揆の頭目を成敗いたし、さらに

一揆を鎮める策として秋物成の銀納の廃止を約して参りました。いずれも御家安泰のための働きでございます。にもかかわらず、なにゆえそれがしは腹を切らねばならぬのでございましょうか」

勘右衛門は顔色を変えて怒鳴った。

「な、何を申すか。そなたが殿にお咎め覚悟で言上いたしたいと申すゆえに、取り次いでやったのだ。それなのに、さような不遜な物言いをいたすとは、まことに呆れはてた男だ。もはや言葉もない。退がれ、早う退がらぬか」

隼人は勘右衛門の大声が耳に入らぬかのように、無表情に兼清を見据えている。兼清は隼人の沈黙に抗するかのように、薄ら笑いを浮かべて言った。

「塩谷、さように声を張り上げずともよい。多聞は腹を切る前に申したいことがあるのであろう。もはや明日のない身だ。聞いてやろうではないか」

隼人は大きくうなずいた。

「秋物成の銀納廃止のことは、もはや百姓どもに約しましたゆえ、いまさら撤回すれば一揆はさらに大きくなり、ご公儀よりお咎めあるは必定でござる。それゆえ、もはや変えることはできぬとお覚悟くだされ」

兼清は隼人につめたい目を向けた。

「そのことは相わかった。わしもとんだ不忠の臣を持ったものだ。されど、ご老中方に睨まれてもかなわぬゆえ、さようにいたすであろう。ただし、そなたには切腹を申し付ける。このことも変わらぬぞ」

隼人は兼清を見据えたままたじろがない。

「それでよろしゅうございます。さて、もうひとつ、申し上げたきことがございます」

「なんじゃ」

兼清は吐き捨てるように言った。

「先ほど、それがしは何者かとお訊ねいたしました。もう一度お訊きいたしまするが、それがしは何者にございましょうか」

隼人の言葉を聞いて、勘右衛門ははっとした。

「多聞、そなた何を言おうとしておる。よもや十五年前のことを口にするつもりではあるまいな」

勘右衛門が睨み付けると、隼人は頬に笑みを浮かべた。

「塩谷様にはおわかりのようでございます。されど、それがしは殿よりお返事を賜(たまわ)りたい」

兼清は困惑した表情になった。

「そなたはさっきから、何を申しておるのだ。わしにはさっぱりわからぬぞ」

「それは、お忘れになっておるからにございましょう」

隼人はひややかに言ってのけた。

「忘れただと。わしが何を忘れたというのじゃ」

その言葉を聞いて、隼人は大きく息を吸うと、目を見開くようにして口を開いた。

「十五年前、初のお国入りの際、馬を御しきれず、幼子を蹄にかけて死なせたことでございます」

兼清に厳しい視線を注いだまま、隼人は言い切った。

「なんだと。そなたは何を申しておる。さような覚えはないぞ」

兼清は蒼白になって言った。

「さようでございまするか」

隼人はうつむいて肩を震わせた。肩の揺れが大きくなるとともに、やがて笑い声が御座所に響きわたった。

勘右衛門が気味悪げに叫んだ。

「きさま、気でもふれたか」

隼人は笑いを納めて勘右衛門を見た。

「気がふれてなどおりませぬ。いや、たったいままでの十五年間、殿にお仕えしておる間こそ気がふれておったのやもしれませぬ。たったいま、正気に戻ったのでござる」

隼人の目は、爛々（らんらん）と光っていた。

二十九

それがしの娘である弥々は、十五年前、殿の馬に蹴られたことが因（もと）で死にました。

それがしにとって弥々は初めての子で、目に入れても痛くないという思いでいとおしんでおりました。

されど、それがしは永年浪々の身が続き、妻子にろくな物も食べさせてやれず、すまない、と心中常に詫びておったのです。

それが、仕官に一縷（いちる）の望みをかけて、大坂から苦労して羽根藩にたどりついたおりに、ここで仕官がかなえばやっとひと並みな暮らしをさせてやれると思っていた弥々は、あろうことか殿が御しきれなかった馬の蹄にかけられて果てたのでございます。

弥々は息を引き取るまで苦しみ続け、

――父上、母上

と、わたしども夫婦を呼び続けました。せつないか細い声でございました。そのおり、身重だったわが妻も暴れる馬のため地面に倒れ、流産いたしたのでございます。それがしは幼子とわが妻、さらにお腹の子が苦しんでいるのを目の前にしながら、何もすることができませんでした。そのうち、弥々が寝たまま宙を見据えて、

――父上、お花がきれいです

と夢見るような声で申したのです。

それがしは、胸が詰まる思いでございました。

羽根にさえ来なければ、馬上のお方が馬を御してさえいてくれたら、この子はこれからどれほど美しい花を見ることができただろうかと。それなのに、美しいものを見るべきその命が、いまかき消されようとしていると。

何の罪もない幼子が、この世で美しいものを見るべく生まれてきたものが、その思いを果たせず死んでいく。そのことに、どうしても納得がいきませんでした。

弥々はなぜ死なねばならなかったのか。それがしは血涙が出る思いでした。

そのおり、殿の行列の宰領をされていた飯沢長左衛門様がそれがしに、娘の死を言

い立てるな、名君となられる殿の名に傷がつく、と申されました。

その代わりに、初めは金をやろうと言われました。それがしは耳を疑いました。幼子の命よりも名君の名が大事なのか、そのために、金で片をつけようというのかと。それゆえそれがしは、金はいらぬ、ただ殿にわが娘に謝っていただきたい、と飯沢様に申したのです。飯沢様は笑みを浮かべて、

「三歳の娘の命より、わが殿の名君の名の方がはるかに重い。武士ならばさようなことはわかるはずだ」

と仰せになりました。そして、それがしを睨んで言葉を添えられました。

「どうしても納得がいかぬとあれば、そなたをわが藩で召し抱えてやろう。さすれば、そなたはわが藩の家臣だ。主君の馬に蹴られて娘が死んでも文句を言うわけにはいくまい。それが武士たるものの忠義だからな」

飯沢様の言葉を聞いて、妻は泣いて止めました。

わが子を死なせた方の家臣になるおつもりですか。それほどまでに仕官がしたいのですか、と。

それがしは、妻になじられながらも飯沢様に申しました。

「仕官の儀、お願いいたしまする」

飯沢様は、ほっとした顔になられました。

これですべては丸く収まり、殿のお国入りが無事果たせると思われたのでしょう。

しかし、それがしが考えていたのは別なことでした。

それほどまでに大事だという名君の名を、家臣となって見定めようと思ったのでござる。

殿が政を行われ、それで領民が幸せとなるならば、弥々は、いわば羽根藩の人柱となったと思うことができる。

そして殿がまことに名君となられたならば、弥々のことを思い出し、悔いてもくださるだろう、謝ってもいただけるのではないか、と思ったのでございます。それこそが、弥々がこの世に生まれてきた証になるであろうと。

しかし、殿が政を行われるのを見ておりますと、質素倹約に努められるのは国許でのみにて、江戸屋敷では贅沢や遊興の費えが減ることはございませんでした。

さらに著名な学者を招いて家中の子弟の教育にあたらせるというのも、長続きはせず、入れ替わり立ち替わり、そのおりに名が知れた学者が参っては、好き勝手なることを述べるだけでございました。さような講義が身につくはずもなく、士風はしだいに廃れて参りました。

されど、殿は著名なる学者を招いての酒宴をしばしば催され、学者たちの機嫌をとることで、名君の名を江戸にまで広めようとされました。そうして、わが藩に残されたのは借銀の山でございました。

さすがに殿もこれはまずいと思われたのでしょう、しばしば意見書を出していたそれがしを御勝手方総元締に任じられました。

借銀を減らすためになさねばならないことは、わかりきっておりました。まずは借銀を踏み倒すこと、さらに年貢の取り立てを厳しくすること。いずれもひとの評判が悪くなり、憎まれることでございます。

殿は名君の名に傷がつくことを恐れ、自らの手を汚さぬために、新参者のそれがしを登用されたのです。

それがしは、御勝手方総元締に任じられたとき、鬼になることを覚悟いたしました。それでなくては果たせぬお役目だったからです。

お役目を見事なしとげ、殿の名君の名をお守りした暁には、どうしても申し上げたいことがあったのです。

すなわち、殿の名よりはるかに軽いとされた幼子の父こそが、殿を名君たらしめたと知ってもらいたかったのでございます。

そして、その上で、殿にわが娘を死なせたことを謝っていただきたかった。なんとしても謝っていただかねば、娘が浮かばれぬと思ったのでございます。

さらに申せば、殿の詫び言が賜れなかったならば、殿は名君にあらず、幼子を死なせても謝ろうともしない、

――稀代の暗君である

と広く世間に知らしめたいと思って参りました。

わが娘にすまなかった、と殿が謝ってくださるならば、それがしはただちに腹を切りまする。一揆は鎮まり、すべては鬼隼人に責めを負わせて、殿の名君の名は保たれるのでございます。

なんということでもありますまい。

さあ、手をつかえ、頭を下げて、わが娘に謝られよ。

すまなかったと。

青ざめた兼清は額に汗を浮かべ、黙って聞いていた。

勘右衛門が膝を乗り出した。

「殿、かかる妄言に耳を貸してはなりませんぞ。多聞がまことに娘をいとおしみ、憤

りを抱いたのであれば、十五年前に行列に斬り込み、仇を討てばよかったはずでござる。それもなさず、家臣として禄を食みながら、いまさら殿に不服を申すとは傍痛し」

　隼人は勘右衛門に目を向けた。

「なるほど、塩谷様の言われることももっともでござる。それがしは殿を討ち果たすべきでござったか」

　そう言うや、隼人の手が脇差に添えられた。それを見た兼清は、慌てふためいて口を開いた。

「ま、待て、多聞、早まったことをいたすな。いまそなたから言われて、十五年前のことを思い出した。確かに馬が暴れたことは覚えている。されど、ひと死にが出たことは知らされなかった。わしは忘れたのではない。知らなかったのじゃ」

　兼清の空虚な言葉を、隼人は厳しい表情で受け止めた。

「知らなかったですまされるおつもりなら、藩主の務めはとうてい果たせませぬな。されば、ご隠居なされて然るべきと存ずる」

「なんだと」

　兼清のこめかみに青筋が立った。血走った目で隼人を見つめる。

隼人は悠々(ゆうゆう)と言い添えた。

「殿がご隠居なされれば、もはや主君ではござらぬ。あらためて、それがしの願いをゆっくりと聞いていただきとう存ずる」

「そなた、わしを隠居させたうえで、なおも娘に謝れと言い募るつもりか」

兼清の目には、隼人への憎悪が浮かんでいた。

隼人は平然と兼清を見返す。

「いかにもさようでござる。すべてを殿とそれがしの間で決着させてしまえば、もはや御家には何の禍根もなくなりますぞ」

「ならば、申そう」

兼清は威儀を正して隼人を見据えた。

「そなたはただちに下城いたし、屋敷にて閉門いたせ。そなたの娘に謝るか、あるいは切腹を命じるか、その後のことはおって沙汰いたす」

兼清のきっぱりとした申し渡しに、なぜか異を唱えることもなく、隼人は手をつかえ平伏した。

「いかなるご沙汰であれ、謹(つつし)んでお受けいたしまする」

兼清と勘右衛門は、平伏した隼人をつめたく見据えている。

臥雲と玄鬼坊、庄助が欅屋敷に着いたとき、太吉は城下の様子を見にいっていた。

楓とおりうは、一揆にもかかわらず無事であった三人を喜んで迎え、奥座敷に通した。

広間に座った臥雲は、廊下から顔をのぞかせる子供たちを見て眉をひそめた。

「随分と子供が多いな。お内儀がひとりで産まれたか」

臥雲に訊かれて、楓は微笑して頭（かぶり）を振った。

「いえ、さようではございません。親が亡くなるなど、行き場がなくて困っている子供たちを育てているだけでございます。しかし、わが子同然の思いで育てております」

じろじろと楓の顔を見た臥雲は、

「玄鬼坊が、そなたは多聞隼人殿の奥方であった女人だと噂しておったが、まことか」

と無遠慮に訊いた。おりうがあわてて遮った。

「臥雲様、さようなことをうかがうのは失礼でございます」

だが、楓は、にこりとして答えた。

「はい、わたくしは多聞様との間に娘も生した夫婦でございました。されど、それも昔のことでございます」

臥雲は廊下の子供たちに目を走らせた。

「あの中に、多聞殿の娘もおるのか」

「いいえ、娘はわたくしどもがこの国に参りましたおり、不慮の事故にて亡くなりました。生きておれば十八になりましょうか」

さようであったか、と臥雲がうなずくと、庄助が口を開いた。

「それゆえ旦那様は、この欅屋敷に銀子を届けられていたのでございますか」

楓はうなずいた。

「さようです。娘を死なせてしまった罪滅ぼしに、この子たちを育てる手助けをしてくれていたのです」

臥雲が、からからと笑った。

「鬼隼人が、随分と殊勝な真似をしていたものだな。わしには子がないゆえわからぬが、子を亡くした親と申すものは、皆罪滅ぼしなどいたさねばならぬものなのか」

楓は目を伏せて答えた。

「わたくしたち夫婦は娘を連れてこの国に参りましたが、いまのお殿様が初のお国入りの際に行き合わせたのです。そのおり、お殿様のご乗馬が暴れ出し、娘は蹄にかけられ、それが因で相果てました。多聞様は、娘の命と引き換えに仕官がかなったのです。それゆえ、罪滅ぼしをされているのでしょう」

淡々とした楓の言葉に、皆息を呑んで押し黙った。やがて、臥雲がのんびりした声を出した。

「なるほどな、それで読めたぞ。多聞隼人がなぜ鬼隼人などと呼ばれるようになったのか」

楓が澄んだ眼差しを臥雲に向けた。

「なぜあの方は、鬼隼人などと呼ばれることになったのでございましょうか」

「幼い娘を馬の蹄にかけて死なせれば、百姓町人ならば罰せられる。しかしもし、藩主はその限りではない、となれば、これは不正義だ。不正義を憎む者は、鬼となってでもこれを正そうとするのではあるまいか」

うなずいて楓は答えた。

「わたくしもさように思います。しかし自らが鬼と呼ばれることで、不正義を正すことができるのでしょうか。わたくしにはそのことがよくわからないのです」

楓は立ち上がり、障子を開けた。風が吹き出し、雪を被った庭木が揺れている。先日、一揆から逃れるために火をつけた欅は、樹皮を黒く焦がしながらもすっくと立っている。いずれ若芽が芽吹いてくるだろう。

おりうはため息をついて言った。

「多聞様は自らが鬼となることで、まことの正と邪を明らかにされようとしていたのではないかと思います。あの欅のように、炎となって燃えた木から芽吹くものがあるのを信じられたのではないでしょうか」

楓は振り向いて、おりうにやさしい目を向けた。

「あの方は、おりうさんに会えてまことによかったと思います。鬼になったあの方の、心の奥底を温かく見つめるひとに会えたのですから」

楓が言い終えたとき、中庭に太吉が走り込んできた。

「皆様、大変でございます」

玄鬼坊が縁側に立って太吉に問うた。

「どうした。なにがあったのだ」

「多聞様が閉門を命じられたそうでございます。お屋敷の門には竹が斜めに組まれ、役人が厳重に見張りをしております」

「まさか、そんなことが」

おりうが悲鳴のような声を上げた。臥雲がふらりと立ち上がって縁側に出ると、空を見上げた。

相変わらず黒い雲が空に垂れ込めている。

「多聞殿は、秋物成の銀納を廃止することを百姓たちに約して一揆を鎮めた。そのことが殿の逆鱗(げきりん)に触れたのであろう」

臥雲の言葉に、庄助が庭に降り立った。

「こうしてはおられません。旦那様が心配ですから、わたしが見て参ります」

駆け出そうとした庄助に、臥雲が鋭い声をかけた。

「行くな。多聞殿は一揆を鎮めたときから、どうなるかすべてわかっておったはずだ。われらにここに参るよう言ったのは、こうなったいまこそ、この欅屋敷を守ってくれということであろう。ここで多聞殿のもとに駆けつけるのは、命(めい)に背くことになるぞ」

「そんな――」

庄助は唇を噛んで立ちつくした。

ごろごろと、不気味な雷鳴が聞こえる。

三十

閉門した隼人の屋敷に上使が現れたのは翌日、早朝のことだった。家僕の半平は欅屋敷へ行かせたので、屋敷にいるのは隼人ひとりだった。

昨夜は雪だったが、いつの間にか寒さが緩んで雨に変わり、それも朝になって止んだ。それでも空にはまだ、厚い雲が垂れ込めている。

隼人が広間で待つほどに現れた裃姿の上使は、白木立斎だった。

隼人は口辺に薄く笑いを浮かべ、手をつかえて頭を下げた。立斎は隼人の前に立つなり、懐に納めていた書状を取り出して、

――上意である

とひと声発した後、書状を読み上げた。

「多聞隼人、家老の職にありながら、一揆鎮圧のためと称して百姓を手にかけ、さらに年貢の免除を独断にて言い渡すなど、まことに言語道断である。よって切腹申し付けるものなり」

立斎が書状を開いて見せると、隼人は顔を上げて、ちらりと見た。

「ご上意は、以上である。本来なら斬首のところ、殿のご仁慈により、武士らしく切腹と相なった。ありがたきことと肝に銘じよ」

立斎が厳かに言うと、隼人はくすりと笑った。立斎は目を剝いて怒鳴った。

「上意の申し渡しであるぞ。笑うとは何事じゃ」

「笑うたは、おかしいからでござる」

隼人は平然として言い放った。

「なんじゃと」

立斎は書状を持った手をぶるぶると震わせた。隼人は立斎を見据えて言葉を継いだ。

「それがしは殿にお願いの儀を申し上げた。その願いを聞き届けていただけるなら、おとなしく腹を切る所存であった」

立斎は苦い顔で首をかしげた。

「願いとはなんのことじゃ」

「それがしの娘は殿の初のお国入りの際、殿のご乗馬の蹄にかけられて果ててござる。そのことを詫びていただきたいと願ったのでござる」

「馬鹿な。主君たる者、いかなることがあろうと家臣に謝ったりはせぬものだ」

立斎は目を怒らせて言った。

「そのおりは、それがしはまだ家臣ではなかった。いや、たとえ家臣であったとしても、幼子を死なせれば、ひとの心がある者ならば詫びるのではござらぬか」

「それは――」

立斎はいまいましげな顔になりながらも、言葉が継げなかった。隼人は立斎を睨み据えて、言い募る。

「幼子を死なせて詫びを言わぬ者はひとにあらず。さすれば、さような者の命に従う謂れはあり申さぬ」

「きさま、どうするつもりだ」

立斎は目を瞠った。

「されば、お手向かいつかまつる」

隼人は立ち上がると、長押の槍をとった。

「おのれ、最初からそのつもりで」

立斎は蒼白になった。

「いかにもさようでござる。殿がまことに名君であるか、それとも暗君に過ぎぬか、確かめさせていただき申した。一揆を鎮圧したそれがしに切腹を命じた殿の暗愚ぶりは、ここでそれがしが上意をはっきりと拒み、お手向かいすることで、領内はもちろん藩外へも広まり、さらに後世までも伝わることと存ずる」

隼人は、りゅうりゅうと槍をしごいた。穂先がぎらりと光る。立斎は書状を捨てて脇差を抜いた。

「多聞隼人が乱心いたしたぞ。出合え――」

立斎は叫びながら隼人に斬りつけた。しかし、その瞬間には、穂先が立斎の胸に突き刺さっていた。

立斎は悲鳴を上げ、胸を真っ赤に染めて仰向けに倒れた。隼人は倒れた立斎をひややかに眺めて、

「逃げればよいものを」

とつぶやいた。そのとき、縁側を駆け、上使の供の武士たち三人がやってきた。座敷に倒れている立斎を見て、武士たちは刀を抜き放ち、

「おのれ、何をいたす」

「乱心いたしたか」

「槍を捨てて、神妙にいたせ」

と口々に言った。だが、隼人は武士たちを立て続けに突いた。穂先が白光を放って

きらめくと、武士たちは一瞬で胸や太腿に手傷を負った。

隼人が縁側に出て、なおも槍を構えて詰め寄ると、武士たちは後退りした。

「加勢の人数を呼ぶぞ。もはや逃れられはせぬ」

ひとりがわめくように言うと、いっせいに背を向けて逃げ出した。

隼人は武士たちを追おうとはせず、座敷に戻り、槍を置いたうえで羽織を脱ぎ、刀の下げ緒をたすきにして袴の股立を取った。用意していた鉢巻を巻く。

縁側に戻り、空模様を見てから、座敷の隅に置いていた草鞋を履いた。草鞋履きのまま隼人は屋敷の中を歩き回り、戸板や襖を外してまわった。

討手が来たとき、槍が振るえるようにするためだった。さらに床の間に置いていた矢筒と弓矢を持ってきて、座敷の真ん中に座った。傍らに大刀を置く。

すると、ぽつりぽつりと、また雨が降り始めた。

隼人は中庭に目を遣り、

「面白い戦になりそうだ」

とつぶやいた。

城からの討手が隼人の屋敷を取り巻いたのは、一刻後のことである。

隼人は座敷で身じろぎもせず、待ち続けていた。立斎の遺骸は座敷の隅へと移しただけで放置している。

やがて表門から雪崩を打って武士たちが屋敷内に突入してきた。

「多聞隼人、上意討ちである。もはや逃れられぬぞ」

玄関で、武士たちを率いているらしい者が怒鳴った。

その声を聞きながら、隼人は片膝をついて構えると、眉ひとつ動かさず、弓を手にして矢をつがえた。

そこへ討手が押し入ってきた。

隼人は討手を睨み据えて、
ひょお
と矢を放った。狙い違わず矢は討手の胸に突き立った。隼人はなおも矢を射た。そのつど、座敷に入ろうとした討手は矢を射かけられ、悲鳴とともに倒れていく。

「卑怯なり」

討手たちは後退りして、中庭から遠巻きにした。隼人は、

「武士の戦いはすべて戦だ。どのような武器を使おうが、卑怯者呼ばわりされる謂れはない」

と厳しい表情で告げた。さらに、

ひょお

ひょお

と矢が飛び、討手が倒れていく。ころはよしと見たのか、隼人は大刀を腰に差し、槍を手に立ち上がると縁側に出た。

「多聞が出て参ったぞ」

「討ち取れ」

討手たちが口々に叫んだとき、凄まじい雷鳴が轟いた。さらに雨が沛然(はいぜん)として降り出した。

隼人は槍を構え、

——参る

と声高(こわだか)に言って庭に飛び降りた。そして目の前にいた討手に突きかかり、さらに寄せてくる討手には槍を振り回して打ち据えた。

あっという間に三人が突き刺され、ふたりが薙(な)ぎ倒された。

隼人は槍を抱えて庭を走り回った。雨で雪が解けた庭はぬかるんでいる。討手の中にはぬかるみで足をとられる者もいた。

草鞋履きの隼人は足をすべらすこともなく、荒れ狂うように突いた。十数人の討手が、隼人ひとりの働きに手も足も出せず追い込まれていく。

そのとき、雨があがっていった。

討手のひとりが空を見上げて、

「鉄砲組――」

と叫んだ。すると、それまで雨で火縄が濡れるため隠れていた三人の鉄砲組が出てくると、隼人に筒先を向けた。

隼人は、とっさに鉄砲組のひとりに槍を投げつけた。

だーん
という音とともにあらぬ方角に鉄砲を放った男の胸に槍が突き刺さり、仰向けに倒れた。

それを見た隼人は、何を思ったか大きく両手を広げた。そして取り巻く討手たちをゆっくりと見回すや、

「鬼の最期を見届けよ」

と大声(たいせい)を発した。

残る鉄砲組のふたりがその声に導かれるように、隼人の胸板をめがけて鉄砲を放っ

た。隼人は弾を胸に受け、弾かれたように地面に倒れた。

その瞬間、隼人は莞爾と笑って、

——大願成就

とつぶやいた。

雨が再び雪に変わり始めていた。


翌年の春、黒菱沼干拓の普請は再開された。

藩主兼清は一揆鎮圧に功のあった多聞隼人を討ったことを幕府に咎められて隠居、筆頭家老の塩谷勘右衛門を始め、執政に連なる者は皆、失脚した。旗本の親戚から養子に迎えられた兼光が藩主となり、黒菱沼の普請を再開したのだ。

普請小屋跡に、誰が建てたのか隼人の墓碑があった。

ある日、おりうと楓は、子供たちとともにこの墓碑に参った。

よく晴れた日だった。

臥雲はその後、欅屋敷で学塾を開き、庄助と半平、玄鬼坊も欅屋敷に住んで、おりうや楓、子供たちを守っている。暮らしのための金は、太吉が大坂の店で稼いで届けていた。

干拓の普請が再開されても百姓たちは、なおも鬼隼人を誇っていた。しかし、その声はしだいに小さくなり、隼人のことをひそかに、

――世直し様
と呼ぶ百姓も出てきていた。

楓は墓に参るとため息をついた。

「なぜあの方は、このような生き方しかできなかったのでしょう」

傍らに立つおりうが隼人の屋敷の方角に目を遣りながら、頭を振って言った。

「皆さま、間違うておられます。多聞様は、世のひとを幸せにしたいと願って鬼になられたのです」

おりうは涙ぐみながら言葉を継いだ。

「世のひとのために――、その思いで多聞様は生きられた方なのです」

楓もまた目に涙を浮かべてうなずいた。そのとき、遠い雷鳴が聞こえた。

おりうの目から涙があふれた。

蒼穹（そうきゅう）を、春雷がふるわせている。

解説――〝鬼〟の生きざまを通して〝正義〟を問う快作

作家　澤田瞳子

我々は「鬼」という言葉に触れたとき、どんなイメージを抱くだろう。

科学の発達した当節、鬼が実在すると考える人は日本に少なくなった。とはいえ今日でも、「鬼上司」「鬼婆」など人物の名前に「鬼」を冠して、罵詈雑言に代えることは頻繁である。

ただ鬼とは本来、単に恐ろしいだけの存在ではない。それは人外の力を持つ夜叉・羅刹を指すとともに、この世の者ならざる神霊であり、また激しい憎悪や悲しみが原因で人の心身を失った哀れな存在でもあった。

嫉妬ゆえに鬼となった宇治の橋姫、最愛の稚児を失った哀しさから食人鬼と化した青頭巾の阿闍梨、誤って己の娘と孫を手にかけてしまった安達ケ原の鬼婆……その恐ろしい姿の陰に、余人に明かせぬ苦しみ悲しみを秘めた元人間たちの姿は、この上なく不気味で、同時に哀れでもある。

本作は、その苛烈さから「鬼」の異名で呼ばれつつも、鬼面の裏に深い哀しみと信義を秘めた、一人の武士の生きざまを描いた物語。第百四十六回直木賞を受賞した『蜩ノ記』、「襤褸蔵」と仇名されるまでに落魄した主人公の葛藤を描く『潮鳴り』に続き、架空の藩である豊後羽根藩を舞台とする長編の第三作である。

とはいえ同じ藩に題材を取ってはいても、『蜩ノ記』から本作『春雷』に至る三作に、相互の関係性は淡い。そして『蜩ノ記』と『潮鳴り』が苦境に陥った武士の生きざまを描くのに対し、本作の主人公・多聞隼人は一見、順風満帆な人生を送っているかに見える。なにせ隼人は十五年前、羽根藩筆頭家老の推挙を受けて仕官を果たし、あっという間に藩主の寵臣にまで上り詰めた男。現在は藩内の財政窮乏を救う御勝手方総元締に任ぜられ、人々からその専横を憎まれている人物なのだから。

だが、厳しい年貢取り立てや処罰の様から「鬼隼人」と恐れられる彼は、工事・黒菱沼の干拓を二つ返事で請け負い、自らの命を狙う政敵にも、一歩もひるむことなく立ち向かう。

鬼隼人をそこまで駆り立てる理由はなにか、彼が通う欅屋敷の佳人の正体は、いや、そもそも隼人はなぜ十五年前、財政窮乏の羽根藩にいともたやすく召し抱えられたのか——様々な謎が謎を呼び、互いにもつれ合う物語は、ついには黒幕によって操られた一揆によって驚くべき結末を迎える。

だが実際のところ私は、筆者である葉室麟氏がここで描こうとなさったのは、ただの藩内闘争の物語ではないと考えている。

隼人が大工事に際して手を組むのは、かつて藩内きっての学者と呼ばれながら、乱酔の末、人々を傷つけて投獄された千々岩臥雲、身代を肥やすためであればどんな悪辣も厭わぬ普請の天才・佐野七右衛門の二人。大蛇の臥雲、人食い七右衛門という忌まわしい通り名を持つ彼らと「鬼隼人」が手を組む様は、傍目からはなんともおぞましく映るだろう。そして実際、誰に謗られようとも意に介さず、ただひたすら己が道を突き進む三人は、単純に考えれば傲岸不遜なる不善の輩。しかしだとすれば、世評に右顧左眄し、善悪を明白に分かとうとする者たちは、果たして本当に善なる人々なのか。

――わたしは、悪人とはおのれで何ひとつなさず、何も作らず、ひとの悪しきを謗り、自らを正しいとする者のことだと思っている。

隼人のこの述懐において、悪は善と対立する概念として位置づけられてはいない。むしろ悪は、自らを善と決めつけるその傲慢さの中にこそ存在するのだ。

「人食い」佐野七右衛門は、多くの人々の涙によって身代を肥え太らせた己を決して恥じない。周囲に平気で賂(まいない)を贈り、質素な食事を摂(と)る隼人たちの前で、悠然と重箱に詰めた御馳走(ごちそう)を平らげる。だがそんな言動を取りながらも、彼は己が馳走を美味(おい)しいと思えぬ理由を模索し、これからなすべきことに思いを馳(は)せる。人の恨(うら)みを買ってもなお孤独に戦い、世の憎悪に言い訳一つしない彼は、果たして悪人か。ならば己の信念に従って生きることは、この世においては悪事なのか。

正義とはなにか。世の善悪とはなにか。葉室氏は耳に心地(ここち)よい正義に正面から挑む三人の生きざまを通じて、ひと言では定めがたいこの難問を読者に突き付けているのだ。

ところで本作を読みながら、私はとある映画の名台詞(めいぜりふ)を思い出していた。それは、「――Rosebud（バラのつぼみ）」。オーソン・ウェルズ監督・製作・脚本・主演のモノクロ映画「市民ケーン」にて、大富豪・ケーンが臨終(りんじゅう)に際して呟(つぶや)く謎めいた言葉である。

莫大(ばくだい)な富を得、宮殿の如(ごと)き巨大な邸宅で亡くなった元新聞王のケーン。彼の生涯を追うジャーナリストは、「バラのつぼみ」の意味を求めて、波乱に満ちたケーンの過去を探(さぐ)る。観者である我々は、その呟きがケーンが子ども時代に遊んだ橇(そり)に記されていた言葉だと気づくが、探偵役であるジャーナリストはそれを知ることなく、主(あるじ)を失った豪邸を去る。

そして我々もまた、冒頭とラストにおいて「NO TRESPASSING（立ち入り禁止）」と記された札を突き付けられることで、自分たちが理解したと思ったケーンの真意は正しかったのか、結局どれだけ足掻（あが）いても、人の真情を他者が完全に探ることは出来ないのでは、と思い知らされるのだ。

我々は今、人の行動だけで相手のすべてを理解した気になってはおるまいか。わかりやすい事実だけを真実と思い定め、それによって物事の正邪を判じてはいないか。鬼の恐ろしさばかりに目を奪われ、その奥にある苦しみ悲しみを見失っているのではないか。

鬼と恐れられる武士の胸底には、まさに「――Rosebud」にも匹敵するせつない声がひそんでいる。その事実を知らずして、いったい誰が彼を鬼と謗ることができよう。

正義とは何か。その問いは現代社会においても、種々雑多な局面で我々に投げかけられる。そして多くの情報が氾濫（はんらん）する現代だからこそ、我々はこの問いに正面から対峙（たいじ）せねばならぬのだ。

ところで先ほど私は、『蜩ノ記』から『春雷』までの三作には相互の関係性は淡いと記した。しかし羽根藩を舞台とする第四作・長編『秋霜』において、葉室氏は初めて、『春雷』の後日譚とも言うべき物語を描いている。

――人皆、人に忍びざるの心有り。先王人に忍びざるの心有り、斯に人に忍びざるの政有り。

本作にも登場した大蛇の臥雲が『秋霜』で講義するのは、人間の本性を善と見なした孟子の著作。どんな者であれ、努力さえすれば善き人となれるし、人間たるもの、善き人を目指して努力せねばならぬと説くその言葉は、善不善のありようを問うた隼人たちの姿と重ねあわせたとき、より深い思索を我々に突き付ける。ぜひ、併せてお読みいただきたい。

（この作品『春雷』は平成二十七年三月、小社から四六判で刊行されたものです）

一〇〇字書評

春雷

切り取り線

購買動機（新聞、雑誌名を記入するか、あるいは○をつけてください）

□（　　　　　　　　　　）の広告を見て	
□（　　　　　　　　　　）の書評を見て	
□ 知人のすすめで	□ タイトルに惹かれて
□ カバーが良かったから	□ 内容が面白そうだから
□ 好きな作家だから	□ 好きな分野の本だから

・最近、最も感銘を受けた作品名をお書き下さい

・あなたのお好きな作家名をお書き下さい

・その他、ご要望がありましたらお書き下さい

住所	〒				
氏名		職業		年齢	
Eメール	※携帯には配信できません	新刊情報等のメール配信を 希望する・しない			

この本の感想を、編集部までお寄せいただけたらありがたく存じます。今後の企画の参考にさせていただきます。Eメールでも結構です。

いただいた「一〇〇字書評」は、新聞・雑誌等に紹介させていただくことがあります。その場合はお礼として特製図書カードを差し上げます。

前ページの原稿用紙に書評をお書きの上、切り取り、左記までお送り下さい。宛先の住所は不要です。

なお、ご記入いただいたお名前、ご住所等は、書評紹介の事前了解、謝礼のお届けのためだけに利用し、そのほかの目的のために利用することはありません。

〒一〇一‐八七〇一
祥伝社文庫編集長　坂口芳和
電話　〇三（三二六五）二〇八〇

祥伝社ホームページの「ブックレビュー」からも、書き込めます。

http://www.shodensha.co.jp/bookreview/

祥伝社文庫

春雷（しゅんらい）

平成29年 9月20日　初版第1刷発行

著　者　葉室麟（はむろりん）

発行者　辻 浩明

発行所　祥伝社（しょうでんしゃ）
東京都千代田区神田神保町3-3
〒101-8701
電話　03（3265）2081（販売部）
電話　03（3265）2080（編集部）
電話　03（3265）3622（業務部）
http://www.shodensha.co.jp/

印刷所　萩原印刷
製本所　ナショナル製本
カバーフォーマットデザイン　中原達治

Printed in Japan ©2017, Rin Hamuro　ISBN978-4-396-34348-4 C0193

祥伝社文庫の好評既刊

祥伝社文庫の好評既刊

火坂雅志　覇商の門（上）戦国立志編

千利休と並ぶ、戦国の茶人にして豪商・今井宗久の覇商への道。宗久はいち早く火縄銃の威力に着目した。

火坂雅志　覇商の門（下）天下士商編

時には自ら兵を従え、士商として戦場へ向かった今井宗久。その波瀾と野望の生涯を描く歴史巨編、完結！

火坂雅志　虎の城（上）乱世疾風編

文芸評論家・菊池仁氏絶賛！　戦国動乱の最中、青年・藤堂高虎は、立身出世の夢を抱いていた……。

火坂雅志　虎の城（下）智将咆哮編

大名に出世を遂げた藤堂高虎は家康に見込まれ、徳川幕閣に参加する。武勇と智略を兼ね備えた高虎は関ヶ原へ！

火坂雅志　臥竜の天（上）

下剋上の世に現われた隻眼の伊達政宗。幾多の困難、悲しみを乗り越え、怒濤の勢いで奥州制覇に動き出す！

火坂雅志　臥竜の天（中）

天下の趨勢を、臥したる竜のごとく睨みながら野心を持ち続けた男、伊達政宗の苛烈な生涯！

祥伝社文庫の好評既刊

火坂雅志　臥竜の天 (下)

秀吉没後、家康の天下となるも、みちのくから、虎視眈々と好機を待ち続けていた。猛将の生き様がここに！

宮本昌孝　陣借り平助

将軍義輝をして「百万石に値する」と言わしめた――魔羅賀平助の戦ぶりを清冽に描く、一大戦国ロマン。

宮本昌孝　天空の陣風　陣借り平助

陣を借り、戦に加勢する巨軀の若武者平助。上杉謙信の軍師の陣を借りることになって……。痛快武人伝。

宮本昌孝　陣星、翔ける　陣借り平助

織田信長に最も頼りにされ、かつ最も恐れられた漢――だが女に優しい平助は、女忍びに捕らえられ……。

宮本昌孝　風魔 (上)

箱根山塊に「風神の子」ありと恐れられた英傑がいた――。稀代の忍びの生涯を描く歴史巨編！

宮本昌孝　風魔 (中)

秀吉麾下の忍び、曾呂利新左衛門が助力を請うたのは、古河公方氏姫と静かに暮らす小太郎だった。